LE MORT REMONTANT

IL A ÉTÉ TIRÉ DE CET OUVRAGE

Vingt exemplaires sur papier de Hollande Van Gelder
numerotés de 1 à 20,
Quatre cent quatre-vingts exemplaires sur vélin
non satiné numérotés de 21 à 500,
Et cent exemplaires d'auteur (hors commerce).

JUSTIFICATION DU TIRAGE

N° 404

ROBERT DE MONTESQUIOU

LE

MORT REMONTANT

« Quand vous serez invité à des noces, ne prenez pas la première place, de peur qu'il ne se trouve, parmi les conviés, quelqu'un de plus considérable que vous, et que celui qui vous aura invité l'un et l'autre ne vous dise : donnez votre place à celui-ci ; et qu'alors, vous ne soyez, à votre grande confusion, mis au dernier rang. »

SAINTES LETTRES.

PARIS
ÉMILE-PAUL FRÈRES, ÉDITEURS
100, Faubourg Saint-Honoré, 100
Place Beauvau

DU MÊME AUTEUR

POÉSIE

SEPT VOLUMES DE L'ÉDITION RICHARD

(Edition définitive)

I. Les Chauves-Souris.
II. Les Hortensias Bleus.
III. Le Chef des Odeurs Suaves.
IV. Le Parcours du Rêve au Souvenir.
V. Les Paons.
VI. Les Perles Rouges.
VII. Les Prières de Tous.

★

L'HÉROÏSME DE LA MÉLANCOLIE

(Poème de Guerre)

VIII.
I. Les Offrandes Blessées.
II. Sabliers et Lacrymatoires.
III. Un Moment du Pleur Éternel.

PROSE

LE DOMAINE DU CHOIX

(Études et Essais)

I. Roseaux Pensants.
II. Autels Privilégiés.
III. Professionnelles Beautés.
IV. Altesses Sérénissimes.
V. Assemblée de Notables.
VI. Brelan de Dames.
VII. Têtes d'Expression.
VIII. Têtes Couronnées.
IX. Majeurs et Mineurs.
X. Les Délices de Capharnaüm.
XI. Diptyque de Flandre, Triptyque de France.
XII. Élus et Appelés.
XIII. Le Mort Remontant.

SCÈNES DE MŒURS MONDAINES

I. Une Petite Mademoiselle.
II. La Trépidation.

La Divine Comtesse.
(Grande monographie de la Comtesse de Castiglione).

★

POUR PARAITRE POSTHUMES :

PROSE

I. Les Pas Effacés. (Mémoires) . . . . 2 vol.

POÉSIE

I. Le Dernier Pli des Neuf Voiles . . . . 2 vol.
II. Les Quarante Bergères . . . . (6 séries)

Lorsque Barrès fut promu de l'Académie Française, la Presse, toujours à l'affût du vieux neuf, se mit en tête de retrouver et de reproduire la première œuvre publiée par le récent Académicien, qui s'y prêta, non sans accompagner son consentement des réflexions modestement orgueilleuses, de mise en ces sortes de circonstances. On y voyait notamment que Monsieur France n'avait pas perdu le souvenir de la première publication de l'écrivain, même en avait fait le sujet d'une dédicace, et je n'en suis pas surpris, car l'œuvre, pour juvénile qu'elle soit dans certains de ses développements, n'en est pas moins impressionnante dans sa donnée, qui met en présence le génie confiant, finalement exploité, et l'arriviste médiocre, qui ne craint pas, lui, de s'approprier l'œuvre d'un autre, impudemment volé *in articulo mortis*.

Bien entendu, la monstrueuse substitution réussit, et l'horrible geai se pavane, toute une existence vaniteuse et fructueuse, sous les plumes du paon demeuré inconnu dans la mort complice, assistée de l'ignorance du public, toujours prêt à piétiner la valeur véritable et à seconder de son sot engouement la platitude et le plagiat.

Cette nouvelle est pleine de frisson, je viens de la relire, après l'avoir plusieurs fois relue, et ce frisson, elle me le communique à nouveau, comme tout ce qui renferme un élément de vérité déguisée, introduite dans une fiction, par la volonté ou par le hasard.

Aussi bien, cette nouvelle me semble-t-elle illustrer, avec une intensité singulière, une aventure de même ordre, devant laquelle la figure de Préault, dite le *Silence*, me paraît, depuis pas mal d'années, poser son doigt impérieux sur ses lèvres minces. Je vais donc, pour moi-même et pour quelques-uns, qui m'entendront peut-être, reprendre les dimensions de la nouvelle énigmatique et vertigineuse, puis examiner dans quelle mesure elles se superposent à la figure de ma hantise, dont elles reproduisent si exactement le mystérieux tracé.

Maurice Barrès, qui n'ignore pas l'attirance exercée sur moi par cette nouvelle, me dit de ne pas oublier, en la lisant, qu'elle est « l'œuvre d'un enfant isolé » ; un enfant singulièrement perspicace.

*
* *

Deux hommes, jeunes encore, épris de littérature, prolongent leur conversation du soir dans un café de province ; l'un, Jean Boursault, rêveur jugé stérile et malade, studieux, raillé, soi-disant en gestation d'un ouvrage mort-né d'avance, et Karl Ferraz, envieux, rongé d'ambition, plus âgé, déjà en possession de quelques succès reconnus par un entourage complaisant et privé de lumières.

Le premier ne cache pas son dédain, et même son mépris pour des œuvres qui ne jaillissent pas de l'émotion intérieure, des œuvres qui révèlent, non un individu, mais un composé de lectures plus ou moins assimilées. En un mot, se taire, ou chanter son propre chant.

Ferraz réplique « avec quelque chose de vexé dans la voix et le regard », se dédommage en se persuadant que son interlocuteur, lui non plus, n'échappe pas à ce qu'il condamne. Les deux amis sortent du café silencieux et continuent de causer en marchant. Arrivé devant sa porte, Boursault invite son compagnon à monter : il veut lui faire connaître son roman achevé enfin, et l'auditeur bâille par anticipation.

L'œuvre s'intitule : « Mes Débuts », c'est une peinture de la vie littéraire, le « roman des lettres » et « à travers tout cela, un sympathique malheureux, qui court après le talent et meurt de son amour effréné du beau ».

Ferraz écoute d'abord distraitement, puis, avec une surprise grandissante, une haine jalouse : « Et il revoyait avec amertume ses pauvres nouvelles à lui, si péniblement limées »; mais le lecteur, brusquement épuisé, s'excuse de ne pouvoir poursuivre et cède à regret, mais sans appréhension, aux instances de son ami, qui désire emprunter le manuscrit et en terminer la lecture.

Le drame se précise dans toute son horreur inique et lâche, devant laquelle ne reculera pas le faux ami, l'arriviste impuissant et envieux, enfin résolu à profiter coûte que coûte de l'occasion qui s'offre à lui de conquérir une réputation, fût-elle volée, entre cette âpreté qui vient de l'impudence et cette audace qu'engendre l'impunité. Et le crime se consomme avec d'autant plus de cynisme que la victime n'a pas encore cessé d'exister, murée dans une aphasie lui permettant de deviner la basse perfidie qui l'assassine dans les œuvres vives de son sentiment et de sa pensée.

La scène que traverse cette lueur révélatrice, est poignante, et Monsieur Barrès a beau s'en défendre, il l'a traitée avec maîtrise. Elle rappelle celle où Madame Raquin, paralysée, essaie de tracer du doigt la révélation du meurtre de son fils, mais les circonstances diffèrent et elle garde son originalité propre.

Le crime est accompli, et le louche Ferraz installe définitivement sa renommée, surtout sa fortune, non dans une coquille disponible, comme fait le Bernard l'Hermite, mais dans une coquille dont il a dévoré l'habitant, après lui avoir percé le cœur.

Et une fois de plus se trouve réalisée cette parole d'Hello, que j'ai prise pour épigraphe, de ma « Trépidation », la pensée la plus pleine de frisson que je connaisse : « Le monde est un trompe-l'œil, immense, épouvantable » ; en même temps que vérifiée, cette douloureuse et admirable conclusion de Banville (1) : « *S'il veut, avec une adresse spirituelle, avec une habile et prudente singerie du génie, rhabiller les idées acceptées, reprendre les formules convenues, entrer dans la grande franc-maçonnerie occulte qui a pour loi l'adoration de la médiocrité et la haine du vrai, le succès rapide, l'argent, les honneurs, la gloire immédiatement escomptée sont à lui. Il sera soutenu, poussé, acclamé, prôné, adulé par le monde, et on lui donnera tout, parce qu'ayant eu la main pleine de vérités, il ne l'aura pas ouverte.* » *(2).*

Maintenant qu'est-ce que Monsieur Paul Bourget venait faire en cette affaire où on

(1) Dans son Étude sur Baudelaire.

(2) Rapprocher du passage de Fourier cité dans « *Élus et Appelés* » sur le même sujet de la haine de la vérité.

le voit errer, *quœrens quem devoret*, à son ordinaire ? Eh bien voilà, il avait fait l'éloge (1) de Monsieur Barrès à « ses débuts » (comme Jean Boursault), mais lui, Barrès, vivant d'une vitalité heureusement insubmersible et le journal où le morceau avait paru, ramenait pompeusement sur l'eau un peu vinaigrée de l'actualité, cet éloge doctoral et sentencieux, protecteur, assez plaisamment gourmé, encore accentué par la présentation du chroniqueur, parlant des principaux ouvrages de Barrès « auxquels — selon l'expression du journaliste (2) — le Maître Paul Bourget *daignait* consacrer une Étude égale à ses plus admirables essais. »

(1) Bien entendu, un éloge à la manière académique, c'est-à-dire assez pète-sec et tourné à sa propre apologie.

(2) Veuillot l'aurait appelé : « *le respectueux* ».

Un *daignait* qui ne fut pas pour moi moins « plein de charmes », que le « quoiqu'on die » des *Femmes Savantes*.

Daignons sourire.

*
* *

Je me souviens d'avoir lu dans un ouvrage de Jean Richepin (non dans sa production « à la papa » et à l'usage du « petit casino Brisson », comme l'appelle un vrai grand homme, qui n'en effleura jamais le tréteau sans prestige) non, dans un de ses premiers ouvrages, qui sont les meilleurs, — je me souviens d'avoir lu, dis-je, ces deux vers, qui m'ont ému, au point que je les aie pris, alors, pour l'épigraphe d'une de mes poésies :

« O pauvre Juvigny, pauvre être solitaire,
Le plus grand de tous ceux que j'ai connu sur terre ! »

Ces vers ne sont pas seuls, ils suivent une courte pièce, en manière d'invitation plaisante à quitter ses bouquins, pour venir bavarder, et précédant une pièce plus longue, celle-ci à l'occasion du décès de cet autre Jean Boursault. En voici la fin, qui est le meilleur :

« Nous avons entrevu ces trésors. Tu fus grand !
A nous entendre ainsi t'admirer en pleurant,
Les gens qui ne t'ont pas connu peuvent sourire.
Tu fus grand ! Nous serons deux ou trois pour le dire.
Non, tu n'as rien laissé pour attester ton nom.
Mais si tu ne l'as pas frappé, ce tympanon
Qu'on appelle la gloire, et qui sonne si vide,
C'est que tu fus trop grand pour t'en sentir avide.
Sans parents, sans amis presque (car, toujours seul,
Tu t'enfermais en toi comme dans un linceul)
Ton cœur, fleur merveilleuse à la tige élancée
Sécha dans le désert brûlant de ta pensée ;
Et, sans essayer rien, trop sûr de ton pouvoir,
Dégoûté des désirs avant de les avoir,
Tu mourus. On eût dit un dieu lassé des choses,

Portant, dans son esprit, les effets et les causes,
Les ayant vus en songe assez pour en jouir,
N'ayant qu'à dire un mot pour faire épanouir
Tous les germes obscurs de la nature immense,
N'ayant qu'à le vouloir pour que le temps commence,
Et qui meurt, dédaigneux d'agir, et satisfait
D'avoir rêvé le monde entier sans l'avoir fait. »

Quel pouvait être le jeune homme dont a bien pu écrire ces passages formels (mais auxquels semble se limiter cette figure mystérieuse) un écrivain célèbre qui paraît prendre la responsabilité de ce qu'il proclame? Comment ne s'est-il pas trouvé, comme cela finit toujours par se voir d'ordinaire, un exégète désireux de faire apparaître pour beaucoup, si ce n'est pour tous, un tel mort, avide de réparation et de dédommagement, à la suite d'une existence perdue ou volée? Enfin, et surtout, quel fut le Karl Ferraz de cet Adrien Juvigny, que

Richepin place si haut, mais sur lequel il ne donne pas de détails? Je l'ai interrogé vainement, sans obtenir que des réponses évasives et des réticences.

J'ai insisté, j'espérais décider l'auteur de *la Chanson des Gueux* à rompre le silence, à publier une Étude sensationnelle, à s'acquérir la pure gloire de révéler au Monde l'inconnu de génie, mais je n'ai pas eu gain de cause.

Certes, je ne veux pas insinuer que Richepin pourrait être le Karl Ferraz d'Adrien Juvigny (de tels traits ne sont pas dans son caractère, et je l'en félicite) il n'aurait pu l'être que de Ponchon, heureusement bien vivant et que Richepin a d'ailleurs toujours exalté.

J'ai encore différé, attendant toujours de voir se lever « l'heure divine », comme disait Villiers, de voir un de ces « trois ou quatre » mentionnés par Richepin, prendre honnêtement et honorifiquement en main la cause du vaincu; mais vraiment l'heure tarde trop à sonner, il faut que quelqu'un se dévoue, eh bien! ce sera *le bouc émissaire!*

Alors il se décide à en finir, et pour cette péremptoire raison que le temps l'exige, et la charité envers un mort, motif si prépondérant qu'il fait braver toutes les imputations et les menaces d'injuste opprobre. Car, si ce collaborateur inattendu ne prenait pas ce radical parti, le pauvre défunt devrait se résigner à voir se prolonger la gloriole des autres et sombrer la sienne propre, plus légitime, dans le définitif et immérité oubli. Il n'y a pas, pour un cœur épris d'équité, d'emploi qui vaille cet office.

Je veux donc essayer, non pas d'éclairer entièrement (l'avenir s'en chargera) mais de documenter l'irritante énigme.

Un curieux instinct de sa sauvegarde, et une réalisation de l'antique *pede pœna claudo*, ont mis à l'abri entre mes mains, depuis de longues années, un curieux gisement plein de pensées; je veux dire a laissé entre mes mains deux lettres d'un bien grand prix, par rapport à la révélation de cette mémoire, sur laquelle je veux *essayer* de verser finalement un peu plus de lumière. Ces deux lettres inédites et révélatrices, qui mettent en effet en présence d'une personnalité bien puissante, relatent les circonstances d'une visite à Victor Hugo, dans Bruxelles, après 70.

Deux Lettres d'Adrien Juvigny

PREMIÈRE LETTRE

Douai.

9 Mai.

Joie ! Joie ! Joie ! — Pleurs de Joie !

Ta chère lettre arrive après vingt-deux jours de voyage !... Oh ! merci deux fois d'être toujours si fidèle ami, et si dévoué à l'art ! Merci ! Sur ce dernier point pas plus que sur le premier, je n'ai démérité de toi. Tu en auras tout à l'heure la preuve. Laisse-moi un peu divaguer pour me remettre de mon émotion, avant de te donner des détails de la plus grande joie de toute ma vie.

Voilà un mois que je parcours la Flandre sur terre et sur eau ; je n'ai pas besoin de te dire pourquoi j'ai planté définitivement ma tente à Douai depuis quinze jours. D'abord, c'est là que Claës cherchait l'absolu ! Je me suis incontinent dirigé, avec mon bagage de poète, *rue de Paris* — la maison de l'alchimiste n'existe plus, mais on y trouve beaucoup de vestiges de la vieille architecture Flamande, et notre très cher Honoré est allé trop loin en écrivant : « de toutes les villes du département du Nord, Douai est, hélas ! celle qui se modernise le plus ! » Je crois humblement que c'est tout le contraire. C'est la seule qui ait gardé

> « le carillon de tes cités antiques,
> O vieux pays gardien de tes mœurs domestiques,
> Noble Flandre... etc. »

les lanternes éclairent les madones au coin

des rues, les pignons taillés en escalier, c'est de tout point un charmant séjour, et je voudrais pouvoir me dire comme Horace

Excepto quod non simul esses, cœtera lætum !

Mais cette présence-là, c'est tout !

. . . . .

Et toi, pourquoi n'es-tu pas ici ?... Quel rêve ! nous promener, le soir, au son du carillon plaintif, aller, le dimanche, aux kermesses voisines. Je voudrais bien repartir pour Paris et te revoir, malgré Claës ; mais je ne suis pas de force à travailler comme toi au bruit du canon brutal, j'aime mieux mon carillon, et j'attendrai patiemment que l'Exécutif ait mis un terme aux insanités de ces fous furieux (1).

O mon cher et unique ami (2), comme ces

(1) La Commune.
(2) ?.

lamentables tueries sont bien faites pour nous détourner de toute tentation politique! Comme Michel-Ange que tu me cites, fermons les fenêtres de nos ateliers aux tumultes guerriers du dehors, et travaillons à quelque *Moïse*, cela vaut mieux. Une belle tête et même un beau torse de statue civilise beaucoup mieux que cent mille discussions de club. Non, non! jamais de politique! La politique, en fait de renaissance littéraire, c'est elle qui nous donne le *Franc-Tireur* de Mendès, et cette déplorable aberration de Coppée sur les mobiles de Trochu! Après avoir écrit les *Intimités*, en descendre là!

> « ... dis-lui tout bas en confidence
> Que j'ai peur du grand gars qui lui parle à la danse ... »

Lui, Coppée! Tomber aux *Yvonne* de Pitre-Chevalier, l'*Euryale* de Ponsard!

Vois-tu, mon ami, la poésie va se perdre, tomber dans le *dramatique*, les phrases coupées, les interjections, le verbiage nerveux et sautillant de Sardou !

C'est ainsi que mon très cher ami Delpit, dont j'honore profondément la volonté virile et la verve intarissable, obtient douze ou quinze éditions pour un volume de vers fort remarquable quant à l'élan de la narration, mais nul, complètement nul, au point de vue pittoresque et poétique. Je te félicite de réagir contre ces tendances, contre ces articles de journaux, plus ou moins bien rimés. En avant tous les deux aux cimes du grand art. Vite, coule en bronze ton Michel-Ange. Je vais courir les bibliothèques pour les renseignements que tu me demandes. Si je ne te les adresse pas immédiatement, c'est pour ne pas retarder trop cette lettre.

Sois tranquille, je ne lis pas de journal,

pas même les comptes rendus du foutriquet (1), lesquels fourmillent de solécismes tellement humiliants qu'on se demande, avec Rochefort, si ce malheureux vieillard ne se livre pas à la boisson pour oublier ses misères.

C'est aussi pour te donner plus vite de mes nouvelles que je ne te recopie pas ma grande pièce (2) de 282 vers, composée dans les circonstances suivantes. — Du calme, mon ami, du calme, du calme !

Je l'ai vu !

IL m'a parlé !

Voyons, du calme ! *Lui,* le Maître !

J'ai encore la fièvre, je ne sais si je pourrai avoir suffisamment de sang-froid pour te donner un rapport exact et circonstancié de cette entrevue. Essayons. — O mon

(1) Thiers.

(2) Qu'est-elle devenue ?

Dieu ! — Pardon de t'avoir fait attendre jusqu'à la cinquième page, mais je suis fou, vois-tu ; il y a quinze jours de cela pourtant, mais la tête m'en tourne encore !

Voyons, je viens de me jeter une douche froide sur la figure et sur les mains... Silence !

Si tu as reçu une lettre de Gand, le 27 ou 28 mars, tu dois te rappeler que la présence du Dieu à Bruxelles m'avait inspiré une idée folle, inexécutable, celle de le voir, de l'entendre. Ma tête fermentait, je ne pensais qu'à cela.

Les difficultés étaient très grandes. Le problème était à peu près celui-ci : étant donné le Dieu à Bruxelles — logé quelque part, mais j'ignorais où — étant donnée une ville de quatre cent mille âmes où je ne connaissais personne, absolument personne, trouver cette adresse. Après tout, on n'a pas désespéré de la quadrature du cercle : je me suis mis en campagne ; tu penses bien que mes recherches furent tout à fait infructueuses.

Au bout de trois jours, les nécessités de la vie matérielle agissant d'une façon désastreuse sur l'état de mes finances (parce que la multitude des émigrants français a fait monter les logements, la nourriture, etc., à des prix fabuleusement inouïs) je jugeai prudent de me replier en bon ordre sur Gand. Je me préparai à partir pour le soir.

Comme je descendais près du Théâtre de la Monnaie, un instinct de Swedenborgisme me poussa malgré moi à prendre un fauteuil d'orchestre. Je ne sais pas pourquoi. C'était assurément providentiel, car j'étais sûr de m'assommer dans les règles : on jouait un nouvel opéra unanimement reconnu comme exécrable, même par les critiques belges, aussi !... J'entrai. Il n'y avait presque personne.

J'avalai trois actes intéressants comme trois années du *Musée des Familles*.

Le train pour Gand partait à onze heures. Il était dix heures quarante. Le rideau se leva sur le quatrième acte, c'était le ballet traditionnel, et j'allais me sauver, quand un bonhomme de cinquante à soixante ans (une vraie figure d'Hoffmann, en habit vert, tête verdâtre, perruque à trois marteaux, verdâtre aussi), horriblement maigre, vint s'asseoir auprès de moi et me pria de lui passer mon programme. Après quoi, il entama une dissertation de chorégraphie comparée, puis, de fil en aiguille, sans que j'eusse le temps de placer un mot, me parla des *Huguenots*, du quatrième acte, dû à la collaboration d'Émile Deschamps, puis de Deschamps, des romantiques, m'apprit qu'il était un des claqueurs d'*Hernani,* en 1829, et me donna sa carte. C'était un ex-rédacteur de plusieurs journaux importants des grandes villes de province, un compatriote de Lamartine — je crois qu'il est cité dans les *Confidences*. — Tu penses bien que je ne manquai pas de lui parler d'Hugo et de lui demander son adresse. L'opéra finissait. Il me serra la main et me jeta mystérieusement dans l'oreille : Hôtel de la Poste.

Le lendemain matin, j'allai déjeuner à l'Hôtel de la Poste, en très nombreuse et très brillante société, et j'interrogeai, en sortant, le maître de maison. — Absent !

J'établis un siège en règle. Je suis resté là quatre heures, planté sur mes jambes, guettant les passants, les voitures. Rien, rien !

A cinq heures du soir, j'allai quérir un garçon, et, comme dans les romans de

Dumasse, je fis briller *un louis* à ses regards avides (ceci est beau comme l'antique!) il ne l'accepta pas! — « J'ai mes ordres, monsieur! A mon grand regret, il m'est impossible de vous donner une autre réponse : Monsieur Victor Hugo est absent! »

Deux autres tentatives ne réussirent pas mieux. Ce soir-là, je repartis pour Gand. J'y passai deux jours, et ce fut alors que je t'écrivis l'épître désespérée que tu connais. De Gand, j'allai à Ostende, où *je rencontrai* le sieur de Palikao (quelle ironie amère que l'existence!) puis à ma chère ville d'Anvers, que j'achevai d'étudier dans les derniers détails. Mais seul tu comprendras l'étendue de ma désolation. Si déjà, à Bruxelles, l'ascension du Sinaï s'offrait dans des conditions telles, que serait-ce à Paris? Allons, encore un rêve de moins!

Qu'importe, on fera son devoir jusqu'au bout. Je retournai à Bruxelles.

Le siège recommence. Vraiment, je ne me soupçonnais pas de telles qualités de mouchard : je commence à croire qu'il y a en moi l'étoffe d'un Pietri ou d'un Villemessant. Enfin la Providence eut pitié. Vers 2 heures 1/2 de l'après-midi, une voiture sortit tout à coup, j'eus le temps d'entrevoir dans l'intérieur une dame en grand deuil. Illumination subite ! Si c'était Madame Charles Hugo ? Je me lance à toutes jambes dans les rues montueuses de la ville, avec une rapidité d'autruche, je file la voiture. Quel voyage ! On grimpe un fouillis de places, de carrefours inextricables, je finis par me reconnaître, on débouche Rue Royale, on enfile une petite ruelle, la voiture s'arrête sur une grande place nue et morne, ornée d'une statue d'André Vésale, l'anatomiste. La dame descend devant le numéro 4.

Je me promène un petit quart d'heure devant la maison. Nous sommes Place des Barricades. Toutes les maisons se ressemblent; le numéro 2 et le numéro 4 n'en font qu'une. Deux étages, une porte verte. Soudainement, j'entends au-dessus de moi un bruit et des rires; une des fenêtres du premier étage, au numéro 4, s'entr'ouvre, je vois se pencher sur moi deux têtes d'enfants *aux fronts cyclopéens*... Cela me suffit. Le cœur me bondit dans la poitrine. Je sonne.

Une très jolie jeune fille, vêtue de bleu, ouvre et me considère avec une attention mêlée d'une sorte de pitié sympathique. Le fait est que mon aspect devait être des plus hétéroclites. Ruisselant de sueur, épuisé par tant de marches et de contremarches, couvert de poussière, l'air égaré, représente-toi cette caricature.

« Monsieur Victor Hugo (j'osais à peine articuler ces syllabes divines) pourrait-il, Mademoiselle, me recevoir quelques instants pour une communication d'absolue nécessité ? »

« Monsieur Victor Hugo est sorti, Monsieur ; si c'est une communication que vous puissiez me transmettre... »

Une deuxième édition de la scène du louis eût été de rigueur. Je n'osai pas. J'étais à bout de mes hardiesses. Je gardai le silence. La jeune fille sourit. Je repris un peu de courage.

« Mademoiselle, je suis désespéré. Je retourne en France, ce soir ; il m'est absolument indispensable de voir Monsieur Victor Hugo aujourd'hui même ; si je n'y parviens pas, ce sera pour moi un contretemps des plus fâcheux, je ne puis vous en dire les conséquences, mais croyez bien sincèrement, Mademoiselle, que ce sera, encore une fois, un très grand chagrin pour moi. »

La jeune fille réfléchit quelques instants, et me dit : « Monsieur Victor Hugo sera de retour dans une heure. Écrivez une lettre et remettez-la-moi. »

Je la remerciai avec effusion et je courus au café voisin. J'improvisai deux pages dignes d'un gamin de troisième, dont voici à peu près la substance :

« Un jeune homme de vingt ans, qui, dès les premiers temps de son éducation intellectuelle, n'a cessé de vénérer dans Monsieur Victor Hugo l'incarnation de l'Art et de la Patrie, souhaiterait, avant de retourner en France, obtenir de son admiré Maître, quelques paroles d'encouragement pour son apprentissage de poète et de citoyen.

« Ce jeune étudiant que vous coudoyez, c'est peut-être Giotto. » Parole écrite en 1830 et rappelée bien des fois à votre bienveillance. Certes, le pauvre inconnu qui vous adresse ces lignes n'a pas d'ambitions si hautes, il n'espère pas devenir l'Olympio des *Voix intérieures* ou l'Enjolras des *Misérables,* mais comme l'un et l'autre, il est décidé à

« Désapprendre les pas en arrière à son âme, »

c'est à ce titre, etc., etc. » Tu vois cela d'ici. C'était d'une outrecuidance rare, et je ne pensais pas un mot des insinuations que je glissais là-dedans sur mon propre compte, je connais parfaitement ma valeur, mais j'étais persuadé que le Dieu serait plutôt sensible à une profession de foi un peu fière, un peu hautaine, qu'à l'expression humiliée et sincère de mon profond néant. J'allai porter cette belle élucubration ; Monsieur Victor Hugo, cette fois, était de retour, *et me fit répondre* qu'il me recevrait le lendemain, de trois à quatre heures. Tu juges si j'ai dormi cette nuit-là !

Et maintenant, ami, à genoux ! C'est à genoux que je vais écrire le reste.

Flectamus genua (office du Jeudi saint).

J'arrivai exactement à l'heure dite. On m'introduisit dans un corridor terminé au fond par un escalier qui me parut s'abîmer dans des immensités vertigineuses ; je frémis à la pensée que j'allais poser le pied sur ces marches, les jambes me défaillirent, et je te jure qu'il me fallut un épouvantable effort pour ne pas me trouver mal.

Heureusement, je n'avais pas à monter.

On m'ouvrit la porte de la salle à manger, en me disant : « Ayez la bonté, Monsieur, d'attendre cinq minutes. Monsieur Victor Hugo va descendre. » (Textuel.)

Descendre !...

Je jetai autour de moi un regard troublé... J'aurais voulu me coucher à terre, le front dans la poussière.

L'appartement était noyé dans le demi-jour.

Je distinguai devant moi une magnifique pendule de chêne sculpté, représentant un cerf dix-cors, perdu dans le plus curieux fouillis de végétations que l'art du sculpteur sur bois puisse seulement rêver. Tous les meubles étaient pareillement en chêne. A gauche, deux chaises d'enfant, l'une à côté de l'autre ; sur les murs, de sublimes dessins à la Rembrandt, avec des ménagements de clair-obscur, d'ombre et de lumière, à renverser d'admiration. Au bas de l'un, on lisait :

SPECTRA RERUM ORIENTE DIE.

V. H.

Au bas d'un autre :

Alice et Charles regardant la table du Diable.
Pour toi, mon Charles.

V. H.

Sur le mur de gauche, une grande photographie à trois compartiments, représentant *le Dieu*,

1° Tourné à demi sur sa chaise, d'un air farouche ; au bas, ceci :

« *Regardant entrer le coup d'État* ».

2° Les coudes sur la table, mesurant

« *L'escalier de vertige où s'abîme son âme.* »

Au bas :

« *Pensant aux Misérables* » ;

3° Les bras croisés d'un air de défi ; au bas :

« *Demandant à M. Bonaparte ce qu'il pense de Napoléon le Petit.* »

Des pas se firent entendre dans l'escalier. Je crus que j'allais mourir. Je ne fais pas de phrases...

« Je crus entendre un Dieu dans l'abîme marcher ! »

La porte s'ouvrit ; je vis une magnifique tête de vieillard, barbe entièrement blanche, fixer sur moi *deux yeux*... oh ! quels yeux !

Oh ! note bien ceci, je suis froid en ce moment comme un procès-verbal, je constate. Absolument, rien ne peut donner l'idée de ce regard. Il s'enfonce droit dans l'âme, du premier coup, malheur aux mauvaises consciences qui le rencontrent! Un regard à la fois épouvantable, sévère et doux. Le front est très haut, sillonné dans tous les sens de rides superbes; trois ou quatre montent d'un jet jusqu'à la racine des cheveux.

Le Dieu était vêtu de noir, sauf une vareuse très simple, entr'ouverte. Je ne me représente pas Michel-Ange autrement.

La tête me tourna. Pendant le temps qu'il descendait l'escalier, je pensais *à toi*... Par un fatal et inconcevable aveuglement, je n'avais pas songé le moins du monde à ce que j'allais lui dire. Lorsque Henri Heine alla voir Gœthe, il ne trouva que cette phrase triomphante : « Les poires qu'on rencontre dans l'allée, sont délicieuses pour la soif! » Je n'avais pas même cette ressource.

Ce fut le Dieu qui me tira d'embarras. « C'est vous, Monsieur, me dit-il. Entrez donc. J'ai lu votre lettre avec beaucoup d'intérêt. »

Je profitai de cette entrée en matière pour m'excuser de mon insistance. « Du tout, du tout... *C'est moi qui vous remercie.* » (*Sic.*)

L'auteur de *Ruy-Blas*, de la *Légende des Siècles* me remerciant, *moi!* abîme!

Il me poussa doucement par les épaules et me fit entrer dans son cabinet, donnant sur la place, où flamboyait dans un cadre un magnifique Rembrandt authentique. — « Asseyez-vous, Monsieur, je vous prie. » Tout cela sur un ton de voix très doux, très vibrant. Il s'assit auprès de moi.

« Vous êtes Français, Monsieur? »

Je fus très humilié d'être pris pour un Belge, mais je répondis néanmoins avec une noble assurance, que j'étais parfaitement Français et Parisien, sur quoi, il me demanda si je retournais prochainement à Paris. Et moi, je répondis que je n'étais venu à Bruxelles que pour LE voir, et que, par conséquent, le rêve le plus cher de ma vie s'étant réalisé, rien ne s'opposait à ce retour très prochain. Il me conseilla de n'en rien faire. Tu sais qu'il est infaillible. Après quoi, il me parla de l'assemblée, qu'IL qualifia de « nid de hiboux et de corbeaux », ajoutant qu'il fallait comme LUI « être passé par là » pour soupçonner l'épaisseur et l'obscurité des ténèbres où se débattaient « ces oiseaux de malheur » de la Commune, « assemblage — me dit-il — d'hommes excessivement médiocres », se rassurant toutefois sur l'avenir de la France, parce que « la France est une idée, et qu'une idée ne meurt pas ».

Il eut ensuite la bonté de m'interroger sur l'emploi que je pouvais remplir, sur ce que je désirais faire, etc. Ce ne fut pas sans une certaine rougeur que je lui avouai qu'à tout hasard, je me préparais à l'École Normale; le fameux vers

« Marchands de grec ! marchands de latin ! cuistres ! [dogues ! »]

me traversa le cerveau comme un éclair, et d'ailleurs tu sais, toi, quelle répugnance de plus en plus croissante, j'éprouve pour ce métier de forçat et d'abruti. Croirais-tu que spontanément, IL m'offrit sa recommandation, non pas auprès de Jules Simon, dont il était « séparé par un point de vue politique », mais auprès de sa femme? — Que répondre, mon Dieu, à une si touchante condescendance?

Il me demanda ensuite si je m'occupais beaucoup de littérature. Je balbutiai pour toute réponse je ne sais quelles inepties, à savoir que « je vivais une vie toute rétrospective, dans la littérature romantique, comme dans ma patrie d'adoption », etc. Il m'engagea à cultiver ce goût et m'autorisa à revenir le voir à Paris pour lui présenter ce que j'aurais fait et profiter de ses conseils.

J'osai, à la fin de l'entrevue, lui demander un autographe. — « Parfaitement, — me dit-il — je vais vous le faire descendre. » Et il me dit adieu très affectueusement.

Deux minutes après, la jeune fille m'apportait une feuille de papier de deuil semblable à celle-ci, sur laquelle on lisait dans le sens de la largeur, le dernier vers de *la Cloche*. (Chants du Crépuscule.)

De verre pour frémir, d'airain pour résister.

VICTOR HUGO.

Voilà !

Mon ami, je n'ajoute qu'un mot. *Cet autographe nous appartient en commun.* Nous le ferons encadrer et suspendre dans la salle des réunions du Cénacle (1).

(1) Évidemment un projet d'association.

DEUXIÈME LETTRE

PARTIE OFFICIELLE

Bruxelles, 12 mai.

Vos vers sont très beaux. Vous êtes un jeune et grand cœur.

Je vous remercie.

Victor Hugo.

PARTIE NON OFFICIELLE

Douai, 15 mai.

A Jove principium. Zeus d'abord, suivant les rites antiques. Un très noble et très érudit poète, Philoxène Boyer, a écrit ceci : « L'admiration du génie porte avec elle de tels trésors de grâce, qu'il suffit de se vouer ardemment au culte d'un grand homme, pour ne plus pouvoir être soi-même un homme médiocre. » Donc réjouissons-nous l'un et l'autre, nous voilà déjà loin du vulgaire ! Je veux contenter tout de suite autant que possible ta soif d'enthousiasme en complétant sur plusieurs points mon dernier récit.

J'espère que tu m'excuseras, si je commence par te dire qu'après avoir causé vingt minutes avec le Dieu, je n'ai emporté de sa physionomie qu'un souvenir un peu confus. A la lettre, j'étais ébloui. Qu'aurais-tu éprouvé toi-même en le voyant entr'ouvrir la porte et froncer son *sourcil visionnaire*, admirable expression de Shelley, faite d'avance pour lui. Vraiment c'est miraculeux, je maintiens le mot. Ceux qui ne croient pas au Divin n'ont qu'à venir le voir! Comme l'Éden chanté dans la première pièce de la Légende, ses yeux luisent

« Dans une profondeur d'éclair et de prodige ! »

A soixante-dix ans, après tant d'épouvantables malheurs, ce qu'il y a de plus étonnant encore, c'est que, bien qu'un peu voûté sous le poids de ses pensées et de ses tourments, il marche et se meut avec la même aisance qu'un jeune homme. Quand je l'ai vu remonter l'escalier, pour aller écrire le fameux autographe, j'ai pensé à une page où *le témoin de sa vie* raconte qu'en Bourgogne, lorsqu'il alla voir Lamartine, les gens du pays, en le voyant grimper sur les côteaux de Vermenton, le prenaient pour un enfant de treize à quatorze ans. J'ai été surtout ravi de voir le grand homme en vraie tenue d'artiste, vareuse grisâtre un peu tachée d'encre; c'est la tenue habituelle des peintres et des sculpteurs : tu sais qu'en cette bienheureuse époque de 1830, les premiers numéros de l'*Artiste* représentaient sur le frontispice un musicien jouant du violoncelle, un peintre achevant une esquisse, tous les deux attentifs à la lecture d'une pièce de vers ; symbole très heureux et très touchant de la Trinité du Beau. Notre Dieu veut perpétuer les traditions de fraternité, ce sera à nous de recueillir cet héritage, si nous retrouvons devant nous une renaissance littéraire. Dans le cas contraire, nous n'avons pas de parti meilleur à prendre que de continuer le romantique, si impudemment bafoué qu'il ait été sous Napoléon le Petit par les « sacrés jean-foutres » de l'école du bon sens et les merletticules de la Normale. Oui, oui, il faut le proclamer bien haut, ces pauvres enfants naïfs de troisième et de seconde qui rêvent en cachette sur *Atala, Corinne* et *Notre-Dame de Paris*, voilà les vrais sages. Commencer par la *Ciguë*, l'*Honneur et l'Argent*, finir par le *Mobile Breton* et les platitudes de Bergerat, tel fut le goût du public, sous le deuxième et dernier Empire; les vraies gloires comme Leconte de Lisle, Baudelaire échouaient contre l'indifférence incurable de ce peuple d'agents de change, de policiers et de souteneurs de filles. Il y a, toujours dans cette même *Légende des Siècles*, un mot superbe qui m'a paru la réponse indirecte de notre Dieu aux prétendus gens de lettres du *Figaro* et du *Gaulois*; c'est lorsque Éviradnus, le grand chevalier d'Alsace, répond tranquillement aux deux assaillants qui se jettent sur lui avec ce cri : « C'est un vieux ! »

« Rois, un vieux de mon temps vaut deux jeunes du vôtre ! »

O mon ami, quand je pense qu'un vil Magnard a bien osé dire : « M. Victor Hugo, en fait de politique, est toujours demeuré inférieur au dernier garçon de bureau. »

A propos d'Éviradnus, un vers du même poème te représente exactement l'aspect du Maître :

« ... Il a l'air d'un loup qui serait bon. »

Quant à la pièce de vers (1) qui m'a valu une approbation tellement inattendue et tellement imméritée, je n'ai cédé en l'écrivant qu'au besoin d'exprimer tout à mon aise ma reconnaissance à l'homme trois fois glorieux qui m'avait reçu avec une si touchante bonté. Une de ses premières paroles avait été : « Vous êtes bien jeune !... »

(1) Disparue.

(Hélas! non, cette jeunesse s'en va tous les jours, et j'en vois le fond)

« Comme un prodigue en pleurs le fond du coffre-fort! »

J'avais donc grand'peur qu'il me trouvât trop peu sensible à l'honneur inespéré qu'il me faisait, trop peu pénétré de mon bonheur! C'est pourquoi j'ai consacré cette longue pièce à lui analyser le tumulte de sentiments qui m'assiégeait au moment où j'entrais chez lui. Rien de plus. Ce ne sont pas les vers qui sont beaux, c'est l'élan d'âme, le culte fervent du grand art qui les inspire, qui fait notre force à tous deux et notre ambition. Les deux lignes trop flatteuses du vénéré Maître se réduisent donc, en dernière analyse, à une exhortation à marcher en avant dans la voie que nous avons choisie : cette traduction est la seule vraie, et ma conscience se refuse énergiquement à en accepter une autre. Je viens de relire la pièce à tête reposée. Une seule partie me paraît satisfaisante, c'est tout à la fin la description des « Forges du drame ». Il subsiste encore, à part cela, cinq ou six vers au début, une dizaine d'autres à l'endroit que voici : « Le caprice ironique du sort », et puis sept ou huit vers purement descriptifs jetés par ci par là. Le reste est lourd, languissant, gauche et surtout obscur; encore le Dieu me tenait-il pour ainsi dire par la main, dans tout mon voyage rétrospectif à travers ses œuvres : je ne suis qu'un écho, qu'un reflet et je sens moi-même toute ma faiblesse; pour emprunter un mot à Heine, c'est du « clair de lune empaillé ». Mes forces m'ont trahi, je voulais mieux.

Ne te récrie pas surtout. J'ose affirmer que chacun connaît parfaitement la mesure de ses forces, mieux que tout autre. Je ne connais rien de plus bête que les éternelles lamentations des Philistins : « Pourquoi vous défier ainsi de vous-même? Si vous étiez plus pénétré de votre propre valeur, vous verriez tout ce que vous êtes capable de faire, etc., etc. » Remarque bien ceci. Un enfant ou un homme qui se montre partout et envers tous timide et réservé est nul ou inférieur. Lorsqu'on se sent grand et fort, on a conscience de sa grandeur, de sa force, et cette conscience éclate dans les gestes, dans la voix, dans tout le corps. Souvent une heureuse ou noble pensée vous redresse au physique et au moral; ces pensées

« ... qui font que le soir l'artiste chez son hôte
Rentre le cœur plus fier et la tête plus haute. »

Au contraire, lorsqu'on ne sent en soi qu'un

imitateur intelligent, mais sans avenir, naturellement on a la démarche moins assurée, le regard moins brillant, le visage moins ferme. J'en ai connu beaucoup de ceux-là... Je les ai toujours plaints de tout mon cœur, mais je ne les ai jamais trompés par les lieux communs en usage : « Essayez et vous verrez ! Tous les esprits distingués ont désespéré d'eux-mêmes comme vous ! » parce que ce sont des mensonges éhontés. Non, il ne suffit pas de vouloir pour pouvoir.

Notre Dieu, nous n'avons pas à le dissimuler, est justement fier de lui-même ; comment ne le serait-il pas ? Comme nous frapperions les astres de la tête, l'un et l'autre, si nous venions jamais à écrire la *Tristesse d'Olympio* ou cette épouvantable fin des Chansons des Rues :

« Si le passé se reconstruit
Dans toute son horreur première,
Si l'abîme fait de la nuit,
O cheval, fais de la lumière !

Comme sur l'enclume un forgeur,
Sur les brumes universelles,
Abats-toi, fauve voyageur,
O puissant faiseur d'étincelles !

Faisant subitement tout voir
Malgré l'ombre, malgré les voiles,
Envoie à ce fatal ciel noir
Une éclaboussure d'étoiles ! »

Te figures-tu Victor Hugo baissant les yeux d'un air modeste et parlant de ses « préludes », de ses « essais », à la façon d'un académicien de province ? Mais alors ce ne serait plus Victor Hugo, ce serait M. Vote, des *Bourgeois de Molinchart !*

Ah ! la province ! Peut-être me suis-je tellement encroûté pendant ces onze mois d'exil que je ne me trouve plus à même de soupçonner mon abâtardissement. Par moments, toutefois, je vois bien que *ma locution sent l'étrange* — comme dit Bossuet — *« pingue quiddam et peregrinum sonat. »* Si j'en réchappe, ce sera grâce à la ligne de conduite que j'ai constamment suivie. Jamais je n'ai mis le pied dans l'opaque atmosphère des salons industriels ou autres, dans les « soirées de société », où ces misérables moisissent et jaunissent dans leur propre bêtise comme des fœtus dans l'esprit-de-vin ; sauf une fois, une seule, et qui me jettera la première pierre ? Quelle « soirée ! » La meule de pression de l'abrutissement ! J'ai été forcé de jouer au boston, un mot qui contient plus de douleurs qu'il n'est gros ; j'ai dû subir, avec la gravité d'un âne qui mange un macaron, une phénoménale histoire dont j'ai retenu le début : « Cette dame était la demoiselle du fils du receveur des contributions indirectes », le reste à l'avenant. Mais tranquillise-toi, j'ai rompu toutes ces chaînes de Lilliputien, et je vis depuis trois semaines dans l'indépendance la plus sauvage. Voilà bien huit jours que je n'ai pas dit un mot à âme qui vive. Ce fardeau si lourd jadis, j'y trouve à présent une douceur secrète. Je me rappelle qu'un mois de janvier, mon pauvre ami, quand écœuré des infections de la table d'hôte, poursuivi malgré moi par le souvenir de ces pourceaux putrides, dont les jurons du Père Duchêne élevés à la quinzième puissance n'exprimeraient pas suffisamment l'inexprimable horreur, lorsque je m'en allais au hasard dans les bois dépouillés, à demi ensevelis sous la neige, chantant un air chéri pour me redonner du courage, rencontrant parfois quatre ou cinq Prussiens lancés au grand galop, dont l'immense manteau et le casque moyen âge se détachaient avec un relief saisissant dans l'enfilade des grands bouleaux tout blancs, je me rappelle qu'alors un horrible écrasement me tombait sur le cœur. Je me disais, presque en me tordant les mains : « Cela n'en finira donc pas, mon Dieu ! » — Et pensant à tout mon bonheur interrompu si violemment, pour toujours, mon cœur se brisait comme à Desdémone pendant la romance du saule,

« Sanglots, soupirs pleins de tendresse
Pareils à ceux qu'en sa ferveur
Madeleine la pécheresse
Répandit aux pieds du Sauveur ;
Pareils aux flots de parfum rare
Qu'en pleurant, la sœur de Lazare
De ses longs cheveux essuya ;
Pleurs abondants comme les vôtres,
O le plus tendre des apôtres
Avant le jour d'Alleluia !

(Mon ami, quelle strophe ! Quelle étincelante et délicate vision !... Quel rêve !)

Eh bien, non, cela ne finit pas ! Et malgré tout, le croirais-tu, un peu de calme m'est revenu, et ce n'est pas seulement par habitude, depuis que je me suis fixé dans cette bonne petite ville. Oui, il y a encore là *influx* et *correspondance* qui me relèvent doucement aux heures de découragement, d'angoisse, comme aux jours où je pleurais

« ... Comme Diane au bord de ses fontaines
Mon amour taciturne et toujours menacé ! »

Le dernier vers de Vigny, si profond, semble fait pour moi. Et puis, c'est aussi, c'est surtout le bienfait de l'étude, du « palais, du petit univers,

Et toi, Muse, ô jeune immortelle ! »

de cette étude « si maternellement bonne,

— dit Balzac — qu'il y a peut-être crime à lui demander d'autres récompenses que les pures jouissances qu'elle accorde à ceux qui l'aiment. »

Veux-tu savoir l'emploi de ma journée? Ceci va te rendre heureux, car c'est justement la réalisation de ton projet. Cet examen de licence que tu prépares, j'ai commencé à le préparer aussi, et vigoureusement, je t'en réponds ; tu vois que nos pensées, avant de s'être traduites, se sont encore croisées l'une l'autre,

« ... divins oiseaux du cœur »,

dit notre Dieu. Mes idées sur l'École ont subi comme les tiennes un revirement décisif. Il y a un homme qui résume l'École, un homme qui l'a créée et faite à son image, le Maître de G. Merlet et d'eux tous, D. Nisard. Aujourd'hui même, en feuilletant son histoire de la littérature, je suis tombé dès les premières pages, sur cette définition inouïe :

« L'homme de Génie, c'est celui qui ressemble le plus à tout le monde. »

J'ai cru d'abord que je perdais la tête, et puis que c'était une farce de l'auteur, une farce dans le genre sérieux et compassé qui lui est propre. Pas du tout, c'est imprimé, et ce n'est pas du tout écrit dans un sens ironique. Vérifié, voilà l'esprit de l'École. C'est bien là le catéchisme de *la raison*, du bon sens, sur lequel notre honoré professeur de rhétorique brodait de si fines variations. La définition de l'art complète le tableau :

« L'art, c'est l'expression des vérités générales dans un langage parfait, c'est-à-dire parfaitement conforme au génie du pays qui le parle. »

Une pareille énonciation de principes vous donne droit à un poste gratis à Bedlam ou dans le sein de la Commune. Je reconnais toutefois qu'il y a des circonstances atténuantes. Nisard engendra Merlet, mais Cousin engendra Nisard; c'est à M. le grand Maître qu'il faut faire remonter la responsabilité de ces étranges théories. C'est lui qui a fait du vrai, pur *rapport* entre deux termes, un *principe* immuable, souverain, éternel, etc., identique par essence au beau et au bien; ces inepties se perpétuent dans l'enseignement, c'est nécessaire (ou serait mal noté). « L'expression des vérités générales », c'est-à-dire que le dernier mot de l'Art nous est donné dans les satires de Boileau sur *l'honneur,* et autres lieux communs rapetassés de la vieille rhétorique, d'avant 89, c'est-à-dire l'apothéose du commun, du vague et du plat. Comme c'est bien l'esprit de l'École !

Après l'École, le professorat, la peinture navrante que tu en retraces n'est que trop vraie. Tiens, pour ma part, l'année dernière, si peu sympathique que me fût G. Merlet, j'ai éprouvé un vrai saignement de cœur pour ce pauvre homme, le jour de l'inspection. Quand je l'ai vu suer à grosses gouttes pour tirer un commentaire quelconque d'une pièce de vers latins sur *le chien de Brahma,* « matière infertile et petite », quand je l'ai vu descendre à des flatteries, des flagorneries grossières : « Écoutez, messieurs, écoutez, c'est le Maître qui parle, et le juge ! » et s'essuyer le front, à la fin de la séance, d'un air mélancolique et résigné, comme le saltimbanque qui vient de manger sa soupe la tête en bas, pour la plus grande joie du public, vraiment je l'ai plaint de toute mon âme, et ensuite j'ai fait un retour amer sur l'avenir qui nous était réservé. Non, comme tu le dis, plutôt la Morgue !

Je me suis lancé, tête baissée, dans l'œuvre. Deux heures de philosophie, deux heures d'études latines, deux de version et thème grecs, une heure de vers latins, six heures de travail sur Schlegel et Ott. Müller, tel est le bilan de ma journée, et les auteurs Français que j'oubliais. J'ai déjà dépassé Homère dans Müller. Quel homme ! Songe qu'à treize ans, il faisait jouer sur son petit théâtre, à des pantins, des comédies de Plaute ! Autant cela, après tout, que d'atteler des caniches ou d'écosser des pois verts, ou de manger des *gimblettes harmoniques* (qu'est-ce que ça peut bien être?...) suivant le système de Fourier (1). Il est

(1) Il est singulier (les concordances le sont toujours), qu'ayant pris le parti de publier ces lettres, ce fût précisément dans le volume où je fais paraître mon

déplorable qu'avec des fondements de philosophie aussi profonds, *aussi neufs* surtout (tout ce qu'il dit de la *papillonne*, de la *composite* est juste et excellent) ce grand rénovateur n'arrive qu'à une organisation de matérialisme, car en définitive le succès de son système, ce ne serait pas autre chose, l'extension croissante d'une population de sybarites et d'abrutis. La part qu'il fait aux lettres est curieuse (page 257) : « Telle jeune fille aime l'ail (!!!) (2) et n'aime pas étudier la grammaire. Ses parents voudront qu'elle renonce à l'ail et qu'elle s'adonne à l'étude ; c'est doublement contrarier son naturel ; cherchez plutôt à le développer. Après l'avoir mise en liaison cabalistique à table

essai sur *Fourier*, sujet plutôt rare. Je n'ai nullement cherché le rapport. Du reste, j'ai changé d'avis et préféré donner les lettres seules ; mais les deux publications se font à peu de distance.

(2) Chapitre des *vilains goûts*.

et au jardin avec les amateurs de l'ail, présentez-lui l'ode en l'honneur de l'ail par... (illisible)... profitez de cette lecture pour l'initier superficiellement à la poésie lyrique...» O Fourier! — Pour en revenir à Ottfried, c'est un ouvrage d'une haute originalité, d'une érudition immense et d'un germanisme modéré. Les temps mythiques sont vraiment *vus*. Ce qui en fait surtout l'intérêt, c'est qu'il s'agit moins d'une histoire de la littérature grecque que d'une histoire de la Grèce appuyée sur des monuments littéraires et artistiques. Les traducteurs Français l'ont ornée d'une préface de trois cent quatre-vingt-dix pages...

. . . .

Je vois tout en sombre; faut-il te le dire? Je ne crois pas que le brevet de licencié, une fois dans notre poche, puisse nous être une garantie sérieuse et suffisante contre les difficultés matérielles de l'existence, au moins pour moi. Le langage de ton père est très sage, et je me félicite très vivement d'apprendre qu'en gardant ta liberté et à la table domestique, tu te trouves délivré de ces préoccupations redoutables qui ont entravé, plus souvent encore brisé l'avenir artistique de tant d'autres, moins vigoureux que Balzac! N'aurais-je d'ailleurs aucune raison de désespérer, mes ambitions sur ce point n'en sont pas moins restreintes. La gloire et l'art sont choses distinctes, je ne veux que du second. Ce qui m'inquiète, ce n'est pas le résultat de mes premières tentatives littéraires, advienne que pourra, j'aurai fait mon devoir, c'est la hideuse et sale vie de bohême, de misère qui m'attend sous peu, quand j'aurai achevé d'épuiser mes ressources, je n'aurai même pas de quoi passer cette licence et je ne compte pas, je ne puis pas compter sur des leçons ; du côté des personnes qui pourraient m'aider, il y a indifférence méritée et dissentiment plus mérité encore. Ce sera la vie des Réfractaires de J. Vallès (livre magnifique). Laissons cela, causons du roman de Valérie, de Madame de Krüdner, que je relis sans cesse...

Ah ! *Valérie*, c'est *inanalysable*, pardon de ce langage communeux. Comme dit Barbey d'Aurevilly, on ne prend pas la lumière entre les doigts, on ne puise pas dans le creux de sa main le feu des étoiles. Lis la notice de Sainte-Beuve, qui est charmante, dans le volume que je t'envoie. « *Valérie !* on dirait — s'écrie Gustave — à la voir si délicate, si svelte, *que c'est une pensée !* » Quel mot, mon ami ! J'en ai frissonné jusqu'à la racine des cheveux. Et encore : « Elle est très pâle, et, comme les vases sacrés de l'antiquité, dont la blancheur et la délicatesse étonnent les regards, elle garde dans son sein une flamme subtile et toujours vivante. » Gustave appelle encore son amour *une fièvre dévorante et délicieuse*. Faut-il avoir aimé pour trouver de ces mots !...

« Amour, fléau du monde, exécrable folie ! »

Ce qui me séduit encore outre mesure, c'est la discrétion même de cette passion toujours inavouée. Et puis, à de pareils moments, l'esprit, outre cette fièvre dévorante, est encore absorbé par la contemplation des magiques perspectives qu'ouvre devant lui l'imagination amoureuse. Quels paysages et quels palais on rêve, quelle profonde métaphysique on crée pour agrandir son propre bonheur !

« Aimer, c'est voir, sentir, rêver, *comprendre !*
L'esprit plus grand s'ajoute au cœur le plus tendre. »

. . . .

*
* *

Ces lettres sont très belles, d'abord et surtout par ce que leur auteur appelle : « l'élan d'âme ». Elles pratiquent éminemment « le Culte des Héros », comme l'appelle Carlyle, dans le livre portant ce titre, auquel Juvigny ne fait d'ailleurs pas allusion, bien que je le voie, plus tard, citer ce grand écrivain ; mais la phrase citée par Juvigny, de Philoxène Boyer, renferme l'essence du sentiment contenu dans le titre de l'Écossais et de son ouvrage.

La visite à Victor Hugo est saisissante de passion juvénile pour « le grand art » et « le grand artiste » qui l'incarne à ses yeux.

L'expression est parfois naïve (n'oublions pas qu'il a vingt ans); la « magnifique tête de vieillard » sent le feuilleton de l'époque; ce jeune visiteur a moins de goût pour voir les objets que de puissance pour les décrire, et l'admiration pour son « Dieu » lui embellit tout. La pendule qui *orne* la salle à manger du Maître apparaît, sous la plume du nouveau venu, comme un dessin de Bresdin décrit par Théodore de Banville; mais il ne doit s'agir, en réalité, que d'une vilaine sculpture de Suisse.

La touchante admiration du jeune homme, pour son héros, le lui fait proclamer un « dieu ». Je veux bien, mais j'aimerais une différence établie, avec le Dieu vrai, par l'emploi de la majuscule pour celui-ci seulement, comme je viens de le marquer moi-même. Faute de quoi, lorsqu'il écrit ensuite : mon Dieu! on ne sait plus s'il parle du

Grand Poète, ou du Père Eternel et il y a confusion.

Sa description de la province est digne de Balzac, sa mélancolie solitaire est digne d'*Obermann*, des récurrences et même des rancœurs passionnelles, comme en ont les adolescents dévorés de sensibilité, dont il est un exemple entre tous typique, sont, chez lui, moins artificielles que chez la plupart d'entre eux, et vraiment antidatent sa vie, car il ne va pas tarder à mourir, marqué par le fatal distique de Vigny :

« Un faible cœur, qu'un esprit troublé ronge
Résiste peu, mais ne vit pas longtemps. »

Ses imprécations contre le professorat, dont l'emploi le vise, sont poignantes, et son imagination raffinée, aggravée de littérature, lui présente des chimères amoureuses, d'ailleurs toutes cérébrales, à la fois passionnées et chastes, qui ne le consolent que pour le torturer.

Les deux lettres ne vont pas seules, il y en a plusieurs autres. Outre que leur matière les situe toutes, la seconde porte une indication de date, la seule : 71, la même que nous indiquent les événements relatés. Les autres lettres ne revêtent que des indications de quantièmes et de mois, mais consécutifs ; ce sont bien des successives étapes de la même année. Les villes d'où ces missives sont envoyées au correspondant mystérieux, se nomment Douai, Valenciennes, c'est la fin de l'exode Flamand de ce pèlerin passionné, si douloureux ! Une seule de ces lettres, datée de janvier, la dernière, indique évidemment 72, L'an suivant, Juvigny mourra.

J'avais d'abord résolu de ne publier que les deux premières de ces épîtres ; celles-là, l'enthousiasme les illumine, l'amertume n'y atteint le sarcasme que par l'ironie, les perspectives ne font encore qu'effleurer l'épouvante.

Je décide aujourd'hui d'emprunter des fragments aux autres lettres qui sont entre mes mains, ils nous permettront de pénétrer plus avant dans cette âme divine et damnée, que je n'aurai peut-être plus l'occasion d'aborder; mais je serais heureux d'avoir allumé un incendie qui éclaire ce que je souhaite moi-même ardemment connaître encore de ce fascinant inconnu.

La troisième lettre, datée de Valenciennes, du 10 mars, n'est encore que de littérature, mais, on le verra, singulièrement avertie et avisée.

« Enfin voilà nos communications rétablies! Profitons de cette régularité, nous l'avons payée si cher!

« *Nos fera cœruleâ domuit Germania pube!*

« Que nos idées, nos espérances, nos ébauches, nos rêves s'entre-croisent nuit et jour, sans relâche! Opérons avec l'activité la plus fiévreuse notre ravitaillement intellectuel.

« Ne différons pas de produire, sous prétexte d'expérience à acquérir, etc. Ces considérations, fort justes lorsqu'il s'agit de romans, d'études psychologiques, ne doivent pas être prises au sérieux par les futurs poètes. Il est faux que la poésie jaillisse toute armée du cerveau, par *un secret d'accouchement nouveau*, comme disait La Fontaine. Si Victor Hugo a écrit *les Contemplations*, ce n'est pas uniquement parce qu'il était prédestiné à les écrire. Que de longues études, que de veilles supposent cette science de rythmes, ce vocabulaire inépuisé! Voici à ce sujet un très beau passage de Théophile Gautier que j'ai médité bien des fois, et qui est peu connu. C'est à propos de Baudelaire (Revue Parisienne) :

« Habile entre les habiles, il s'est rompu, dans ce gymnase intérieur où s'exercent les forts, à toutes les luttes avec la langue, la prosodie, le rythme et la rime, dont il faut sortir vainqueur, pour être digne du nom d'artiste, et *qui sont comme le contre-point de la poésie*. Qui n'a pas pratiqué longuement ces difficiles exercices s'expose à rester, un jour, interdit devant la pensée, n'ayant pas de forme à lui offrir, surprise humiliante, impuissance douloureuse, désastre secret qu'oublie malaisément l'orgueil! Ces austères études préservent de la banalité, du vague, de l'à peu près, par la multitude de tons, de coupes, de dessins, d'harmonies, d'accompagnement, de symétries, d'interséquences et de ressources de toutes sortes qu'elles mettent à la disposition du poète courageux qui s'y est adonné avec une patiente ferveur, ne comptant pas sur son génie seul. »

« Que ceci te reste en mémoire ! Une étude attentive de Baudelaire m'apprend tous les jours à quel point c'est vrai ! Crois-tu, par exemple, que cette science des *vers redoublés*

« Comme vous êtes loin, paradis parfumés,
Où, sous un clair azur...
Comme vous êtes loin, etc. »

n'a pas été soutenue chez notre grand poète par l'étude de certaines pièces des *Contemplations*, celle-ci par exemple :

Jeunes amours, si vite évanouies,
Vous êtes l'aube et le matin du cœur,
Charmez l'enfant, extases inouïes !
Et quand le soir vient avec la douleur,
Charmez encor nos âmes éblouies,
Jeunes amours si vite évanouies ! »

« Rien de plus curieux que de suivre et de retrouver ces traces. Dans Coppée, elles abondent ; j'oserai même dire qu'en lui, le grand, l'immortel poète est encore *in fieri* ; il ne s'est pas encore entièrement dégagé des réminiscences, des queues de vers empruntées à droite et à gauche, etc., etc. Tu vas en être juge, je veux te faire profiter de mes petites remarques :

« Alors qu'on est si belle, on doit être si bonne ! »

(Le Passant.)

« Puisque vous êtes beau, vous êtes bon sans doute ! »

(De Vigny.)

(Éloa.)

« Chair à scalpel, chair à canon, matière infâme,
Et que la statistique appelle seule une âme. »

(Le Banc.)

« A l'hôpital, sur les champs de bataille
Chair à scalpel, chair à canon, partout. »

(Hégésippe Moreau.)

« ... mais pour être sincère,
L'inutile ici-bas, c'est le plus nécessaire. »

(Le Passant.)

« L'inutile, pour moi, c'était le nécessaire ! »

(ANTONI DESCHAMPS.)
(Dernières Heures.)

« La délicieuse petite pièce : « J'ai demandé pardon des maux que j'ai soufferts », se retrouve dans André Chénier, avec le même mouvement, le même nombre de vers, mais plus lâche, plus molle. Coppée ici dépasse le modèle. Mais de tout ce que je viens de citer, il ressort que ses études ne sont pas achevées encore, qu'elles sont trop voisines de lui. Il a encore à apprendre, sous le rapport du Français. Il indique comme décoration du Passant : « Un Paysage lunaire ! » Ce qui n'a jamais signifié autre chose qu'un paysage de la lune. Il répète deux fois une expression des plus impropres...

« Angelus se mourait, martyr délicieux. »

. . . .

« Martyr délicieux, il le lui fait subir
De son premier regard à son dernier soupir. »

« Un martyre peut être délicieux, non pas celui qui l'endure, ce sont des entorses au bon sens (1).

« Mon Dieu! pourvu que ce cher poète ne perde pas sa voie! Pourvu qu'il ne se lance pas dans le genre social! J'en ai des peurs effroyables, après toutes les couronnes dont on a accablé cette *estimable Grève des Forgerons !* et dire qu'auparavant

(1) Le rhéteur se montre ici un peu pédagogue, même un peu pédant; l'extension est admise. Mon ami le Docteur Couchoud dédie un livre à Monsieur Anatole France « son maître délicieux »; personne n'y trouve à redire.

les *Intimités* ne se vendaient pas (1) !

« Coppée a trente ans, son fin visage de brônze Florentin, ses yeux languissants, son front plissé de travail disent ses tortures et ses luttes. A propos, que de passions son portrait a dû faire en province! Que de *Modeste Mignon* ont dû, la main tremblante et toutes rouges, envoyer leurs vélins aristocratiques à ce divin Canalis! (Ne trouves-tu pas que ce personnage de Balzac offre quelques analogies avec M. de Sainte-Beuve ?).

« A l'œuvre donc! à l'étude, si nous voulons nous débarrasser plus vite que lui de cet alliage et de ces scories, à l'étude! Faisons des vers! Tu en recevras prochainement de mon crû.

(1) J'aime l'entendre parler et judicieusement de l'aimable Coppée des anciens jours. Mais ce n'est pas dans le genre social, qu'il est tombé, c'est dans le genre ennuyeux, avec ses vilains personnages à la Paul Delaroche.

« A l'étude silencieuse des caractères, des personnages! Et du courage! Quand Feydeau est venu exposer à Balzac ses projets d'avenir, il lui a répondu, en lui faisant baisser la paupière sous ses regards troublants : « Mon cher enfant, l'humanité est infâme! Vous voulez tout voir et tout dire, alors, vous serez un martyr! » (Nouvelle préface de Fanny, 1871.)

. . . .

« J'apprends à l'instant même avec indignation que les avanies faites à notre Dieu par les ruraux et les hobereaux de l'Assemblée prétendue Nationale le forcent à donner sa démission. Qu'il revienne vite à Paris et qu'au sortir de ce nid de hiboux nous puissions nous prosterner devant cette incarnation de l'Art et de la Patrie!

« A ce soir, une deuxième missive datée de la bonne ville de Douai. »

Cette lettre est la dernière dans laquelle apparaisse encore de l'équilibre, un ingénieux sentiment critique, la dévotion aux sentiments exaltés pour les idées et les personnes. Sur tout cela se pose le nom de Douai, comme une colombe sur un cratère. Qui sait l'influence secrète que pouvait exercer sur le malheureux près de disparaître, l'âme tendre de Marcelline, on le sait originaire de ce lieu qu'elle avait chéri, qu'elle désignait de ce vers charmant :

« O premier univers où mes pas ont tourné ! »

Elle aussi avait souffert, mais sans s'exaspérer, même sans se plaindre, ni rien perdre de sa douceur, qu'elle employait peut-être à éventer, du fond de l'ombre, ce front fiévreux, pour éloigner de lui les visions trop funestes, lui faire éprouver encore un peu de calme, le dernier. Mais l'orage gronde, écoutons-le.

Valenciennes, dimanche 4 juin.

« La meilleure philosophie est celle qui unit le sarcasme de la gaîté à l'indulgence du mépris. »

« Mon ami, c'est Chamfort qui a écrit cela, dans un recueil de maximes ailées, aiguës et charmantes, sur lequel la grossière critique de Gustave Merlet a exécuté ses bourrées les plus auvergnates. Je voudrais, dès à présent, mettre ces préceptes de morale en pratique; je souffre trop, je ne le puis pas; écoute les conseils suivants, je suis sûr que tu partageras mon écœurement et mon dégoût (1).

. . . .

(1) Suivent des pages saisissantes et pleines de frisson, mais que je ne crois pas devoir imprimer ici, pour

« Quand nous aurons fondé le cénacle, tu verras! Voyons... d'abord, il faudra vivre. Comment vivre? « Nous trouverons des leçons... » Pauvre ami! Comme tu es jeune! — Non, nous n'en trouverons pas! Tu passeras ta licence. Après? Il y a eu, en 1868, un licencié ès-lettres qui vendait des allumettes sur le Pont-Neuf, *je l'ai connu!* Je ne sais pas de quelles ressources tu disposes, mais quand même tu aurais des protecteurs par masses, le résultat sera toujours le même... « Croyez que je m'intéresse bien vivement à vous, laissez-moi votre adresse (ironie de cannibale!) Si une occasion se présente, ce sera à vous que je penserai le premier... » D'autres gens ingénieux vous diront : « Hé! hé!... vous avez déjà un gentil brin de plume... adressez-vous

ne pas éclairer d'une lueur, à la fois brûlante et sanglante, cette noble et attachante figure.

donc à un journal... tenez, présentez-vous à X., (il nomme un collaborateur de Merlet) de ma part !... » — Vous avez envie de flanquer l'individu par la fenêtre, mais quand on a faim ! Vous faites trois lieues dans la boue, le même jour, mis partout à la porte. Au bout de quinze jours, on vous reçoit par pitié dans quelque infect entresol du Faubourg Montmartre, et le sacramentel « laissez votre adresse ! » continue de servir de péroraison à leurs promesses hypocrites. Je les excuse aussi ceux-là ! Ils ont mangé de la vache enragée comme nous en mangerons ; ils ne sont pas fâchés de faire endurer aux conscrits leur apprentissage d'autrefois, eux qui avaient vu le journalisme en rose à travers les *Illusions Perdues*, car, comparées à la réalité, les spirales de l'enfer littéraire sont, dans Balzac, gazonnées et doux-fleurantes. Et puis, penses-y bien, tous les jours que Dieu fait, ils voient défiler dans leurs bureaux la même procession d'abrutis, de provinciaux, de petits jeunes gens, apportant, les uns, des recherches sur les origines de la race gaëlique, les autres, des acrostiches sur les catins en vogue, ceux-ci avec des *chut!!!* mystérieux, l'éreintement d'un sous-chef des affaires étrangères, ceux-là, des articles de fond sur la question ouvrière ou les mystères de l'IN-TER-NA-TIO-NA-LE. Pauvres diables ! une fois dans les vagues de ce maëlstrom de la déveine et de l'impuissance, vous n'y échapperez pas, et nous autres nous roulerons avec eux jusqu'au fond du gouffre où il y a des pleurs et des grincements de dents. Tous les jours il nous faudra recommencer la chasse, éperonnés par l'épique « laissez votre adresse », comme l'humanité par le « marche ! marche ! » dans les morceaux choisis de Bossuet. Marcher en pantalons crottés, avec une redingote qui sue la misère, la tête basse, le ventre creux, les yeux à terre, comme un « bon séminariste » pour ne pas voir les jeunes filles qui sortent des ateliers vous jeter à la figure leur rire de pitié !

« Souviens-toi de ce mot de Jules Vallès : « Mettez un homme dans la rue, avec un habit trop large sur le dos, un pantalon trop court, sans faux-col, sans bas, sans un sou, eût-il le génie de Machiavel, de Talleyrand, il sombrera dans la misère ». C'est vrai comme l'algèbre. Il y a plus. Eussiez-vous un protecteur puissant et dévoué qui vous aimât de tout son cœur (et ça, on ne l'a jamais !) s'il vous voit revenir quotidiennement à la charge, mal habillé et avec une mauvaise mine, il vous détestera et il vous méprisera au bout de quinze jours. Et le pire, c'est que vous vous mépriserez vous-même! On serait à plaindre si on ne se méprisait pas, que diable! dans une situation pareille, et si on finissait par trouver très naturelles les avanies et les rebuffades de ces messieurs, comme Paillasse s'endurcit aux coups de pied au cul de son patron! Comme on a du cœur à l'ouvrage quand on revient de sa journée plus exténué qu'un casseur de pierres, et qu'il faut se mettre à faire chatoyer des strophes entre les murs crasseux de son garni!

« Quelquefois pourtant, dans cette loterie, on attrape, sur cent mille numéros, un des cinq ou dix qui vous donnent droit à l'existence; c'est-à-dire qu'après s'être usé en supplications et en platitudes, quelque nullité haut placée vous fait envoyer régent de septième au collège communal de Marvéjols. J'en sais beaucoup, de ces misérables qui, vaincus par la lutte, enfonçaient jusqu'au cou dans cette vie de déboires et s'y trouvaient à l'aise comme des porcs à l'engrais. — Ce n'est pas gai pourtant ! On a des trous au coude, et, au réfectoire, le surveillant général vous reluque, pour voir si vous consommez en bon fonctionnaire vòtre platée quotidienne de haricots. J'ai vu cela à Louis-le-Grand. Et ce mépris, la haine des élèves ! Cela est étrange, les meilleurs, je veux dire les moins gâtés, ont contre vous un levain de fiel ! — Toujours à Louis-le-Grand, quand j'étais en troisième, une fois, cet abdomen qui répond au nom de Toussaint vint nous raconter l'existence d'un jeune pion qui devait entrer en fonctions le lendemain, il s'appelait Jourde (qui sait si ce n'est pas ce pauvre diable de délégué aux finances?). Le procédé était d'un bon cœur, mais d'un détestable goût ;

n'importe, l'histoire était navrante. Tout le monde se mit à rire, moi comme les autres. Ah ! l'expiation va venir !

« Enfance, ayez pitié de la sombre jeunesse ! »

« Cri perdu !

« Sois comme un loup blessé qui se tait pour mourir,
Et qui mord le couteau de sa gueule qui saigne.
La vie est ainsi faite, il nous la faut subir,
Le faible souffre et pleure, et l'insensé s'irrite,
Mais le plus sage en rit, sachant qu'il doit mourir. »

« Mon cher ami, je te jure devant Dieu et sur tout ce que j'ai de plus sacré, que ce n'est pas du tout dans l'intention de te décourager sur des projets de cénacle, que je me suis laissé aller à tracer ce petit tableau en grisaille de ce qui nous attend l'un et l'autre, Là-dessus, je suis sûr que tu partages mes sentiments, abandonne l'idée de cénacle, plutôt la mort ! Songe quel épouvantable crève-cœur ce serait, bien plus sinistre que toute cette accumulation de misères ! Quand bien même les caprices de la destinée feraient étinceler autour de nous toutes les féeries du luxe et de l'amour, nous emporterions au flanc un regret éternellement aigu, et rien au monde ne nous consolerait d'avoir déserté l'art ! Non, nous ne pouvons plus reculer : tant pis si nous avons mal fait en buvant l'ambition et l'espérance à pleins brocs. Peut-être Vallès a-t-il raison de s'écrier : « Immortalité, oh ! fantôme, combien en as-tu entraînés avec toi dans l'ombre ! Quand donc la lumière aiguë d'un sceptique robuste te fouettera-t-elle *jusqu'à te faire mourir*, immortalité fatale, bourreau qui promets un trône, et mène par le ruisseau et l'hôpital, jusqu'au trou commun où les squelettes se gênent ? » Cette magnifique apostrophe ne s'adresse pas à nous, je ne le pense pas, du moins fais tes réflexions ; quant à moi, ce n'est pas la gloire que je veux, c'est l'art et rien de plus. Espérer seulement de se faire imprimer me paraît retomber dans le domaine de l'hallucination.

« Si donc j'ai écrit ces lignes amères, ce n'est pas pour nous fortifier contre les horreurs d'une existence de conscrit littéraire, d'une chasse à l'éditeur que sans doute nous n'effectuerons pas, car nous avons du bon sens. C'est pour arriver à cette conclusion : Ces souffrances matérielles sont hideuses, n'est-ce pas ? Eh bien ! elles ne sont *rien*, rien en présence des déchirements que nous éprouverons pour sûr en nous retrouvant seuls devant notre petite table et nos romans commencés !

« Manger de trois jours l'un, s'interdire le vin et l'amour, avoir froid, passer les nuits, qu'est-ce que cela auprès du monologue intérieur que voici et que nous recommencerons toutes les heures :

« Misérable! Tu te crois du talent pour avoir aperçu dans le vague un semblant d'idée, l'avoir abattue et clouée sur ton carnet, et t'être dit : « Voilà un sujet de roman que je développerai quand je voudrai ! » Tu te crois un poète original, quand les ignominies te gonflent le cœur de dégoût et te font « attiser de pleurs tes iambes ardents. » Misérable! Autour de toi il y a des milliers d'individus mieux doués qui ressentent une indignation bien plus intense, qui par conséquent exprimeront mieux et dans un langage plus original ces idées que tu te crois personnelles, et qui pourtant, après avoir erré faméliquement aux grilles de tous les journaux et de toutes les revues, crèvent sur un grabat et s'ensevelissent dans l'oubli! Vaniteux imbécile! essaie seulement d'écrire une *nouvelle*, laisse-la dormir quinze jours dans ton tiroir : après quoi relis une des œuvres de jeunesse de Balzac, et compare! Compare aussi tes pauvres alexandrins essoufflés, sans force, sans ardeur, avec la moindre production d'un de ces *Parnassiculteurs* que tu méprises si fort.

« Un des plus inconnus a fait ces quatre vers sur une Arlésienne :

Et ses belles formes égales
Promettent aux regards tentés
La saveur des nuits conjugales
Et l'espoir des maturités.

« Est-ce que toi, en piochant nuit et jour, tu réaliseras jamais ce marmoréen dans l'idée et dans l'expression? Allons donc! Pourtant dans deux cents ans, qui connaîtra le nom d'Alfred des Essarts ! Et toi tu espères la gloire ?...

« Mon ami, je suis forcé d'abréger, j'écrirais un volume si je continuais à traduire en vile prose les voix intérieures qui chantent dans ma solitude. La suite au prochain numéro ! Le vrai remède à ces maladies de l'intelligence qui s'appellent l'amour de la gloire, la croyance au génie est dans ce mot de Marc-Aurèle :

« Il n'y a pas plus de mal à sortir de la vie que d'une chambre lorsqu'il y fume. »

* * *

Je n'ai pas voulu interrompre le cours et l'élan de cette lettre poignante, sans cela j'aurais insisté sur le rapport, évidemment fortuit, qui m'apparaît et me frappe entre ces deux correspondants, desquels l'un nous est *inconnu,* et les personnages mis en scène par Barrès, dans sa nouvelle « Le Chemin de l'Institut », dont j'ai parlé en tête de cet article. M'est avis que, songeant aux œuvres « péniblement limées » de son compagnon, Boursault se serait exprimé, comme Juvigny, dans ce désillusionnant monologue, dont Karl Ferraz a dû médiocrement goûter l'apostrophe sans déguisement ; je crois le voir et l'entendre, avec « *quelque chose de vexé, dans le regard et dans la voix* », en écoutant son ami clamer : « Tu te crois du talent, tu te crois un poète original, il y a des milliers d'individus mieux doués, qui exprimeront mieux, et dans un langage plus original, ces idées que tu te crois personnelles. Vaniteux imbécile ! Essaie seulement d'écrire une nouvelle, relis une des œuvres de jeunesse de Balzac, et compare ! Compare tes pauvres alexandrins essoufflés, sans force et sans ardeur, obtenus en piochant nuit et jour, avec la moindre production d'un homme qui n'a pas, comme toi, la témérité de prétendre à la gloire ! »

Mais l'infortuné, le pythique Jean Boursault, tanné, boucané dans ses pensées corrosives et naïvement emporté dans sa démonstration, n'a pas vu dans le regard de son interlocuteur, ce « quelque chose de vexé » que ne pardonnent pas les Karl Ferraz.

M'est avis qu'à partir de cette minute humiliante, Jean Boursault avait perdu son ami, et lui-même était devenu « l'amphisbène

« A qui Job comparait son faux ami Sépher. »

*
* *

Le voile se déchire ; mais ce n'est pas celui du « cénacle » rêvé par l'enthousiaste délirant d'il y a seulement deux années, c'est le voile d'un temple dont nous avons entendu prononcer l'effroyable nom par le mystérieux correspondant de Juvigny, en matière de plaisanterie macabre ; pourtant qui sait avec quel frisson secret pour l'un comme pour l'autre de ces deux jeunes gens suspendus au-dessus de l'abîme des possibilités meurtrières? Ce nom, nous le voyons reparaître en tête de l'avant-dernière lettre de Juvigny lui-même, quand la course à l'abîme n'a plus à courir que des mois, car nous sommes en 72 et le dénouement est pour 73.

Ce dénouement, bien que la dernière phrase de la lettre précédente sous-entende le suicide et le fasse presque prévoir, il ne sera pas cela, du moins je ne crois pas; mais quelles furent les suprêmes stations de ce calvaire, je ne puis que les suivre, les poursuivre, avec épouvante, dans les quelques pages manuscrites qui en fixent par navrantes allusions le décours fatal. N'oublions pas que, tout à l'heure, le pauvre et grand Adrien mettait ironiquement son ami en garde contre la fin de Gérard de Nerval; quel qu'il puisse être, ce mystérieux ami, je ne l'imagine pas cédant à cette forme de suggestion.

Quoi qu'il en soit le voile des illusions agonisantes s'est déchiré, aux regards terrifiés de Juvigny, sur un seuil entre tous horrible, et le malheureux poète s'est souvenu du vers de Polyeucte :

« Où me conduisez-vous? — A la Mort! — A la [Gloire! »]

mais il s'en est souvenu pour le travestir et par quelle sinistre variante :

« Où me conduisez-vous ? — A la Gloire !... — A
[la Morgue ! »]

C'est en effet par cette épigraphe lugubre que s'ouvre la lettre de Valenciennes, le 8 juin, l'avant-dernière, mi-partie de rancœurs sarcastiques et de littérature encore.

« A présent que l'ordre règne à Varsovie, et puisque notre protestation avorte, nous pourrions prendre notre revanche d'un autre côté et profiter de la reprise du commerce pour soumettre à l'Assemblée Nationale un projet d'industrie nouvelle. Nous le ferons patronner par M. Trochu, qui a si glorieusement utilisé ses loisirs au profit des fabricants de boîtes à sardines. Il réussira sans aucun doute, c'est du vieux neuf, comme tu vas voir, vieux d'un siècle, bien jeune encore pour l'Assemblée, tant pis !

« L'historien Montgaillard rapporte qu'en 93, pour faire servir les guillotinés à quelque chose, des industriels avaient établi aux portes de Paris plusieurs tanneries de peaux humaines. On y fabriquait des culottes pour d'autres hommes, c'était généralement reconnu supérieur à la peau de chamois, au moins pour la corroierie masculine. (Textuel). Quelle économie de goudron il y aurait là pour les gens de M. Thiers ! Les sept cents premières culottes seraient destinées aux ministres, aux mouchards, aux députés, à la rédaction du *Gaulois*, etc. Les feuilles Versaillaises proclament cinquante mille assassinats. Bénéfice monstre ! Comme les bourgeois tomberaient là-dessus ? Je vois d'ici l'épanouissement de leurs joues, couperosées, de leurs gros rires. « Haute nouveauté Delescluze, 22 fr. 50, bon teint. Élargissez-moi mon Billioray au-dessus du genou, etc. »...

« Bien vrai ce que tu m'écris sur la fausseté de certaines œuvres de Musset. Un garçon de bon sens me disait aujourd'hui : « Je ne me figure pas Raoul Rigault ; j'ai beau faire, c'est pour moi un pantin de carton tout à fait invraisemblable. » — J'ai gardé le silence, j'ai réfléchi. — Élève de Desgenais ! Comme c'est bien cela ! Élève de Rolla ! Tous les vieux jeunes gens du Second Empire se sont soûlés de ce poème, on n'entendait ronfler dans les brasseries de la rue Monsieur-le-Prince que les grands vers creux et sonores :

« Un pas retentissant fait tressaillir la *nuit*,
C'est toi, maigre Rolla, que viens-tu faire *ici ?* »

et les descriptions orgiaques où *tavernes*

rime invariablement avec *blafardes lanternes*. A notre tour de renier nos anciennes admirations. — Pauvre Musset ! il a beau se battre les flancs, entasser rimes croisées sur rimes croisées, je le défie bien de galvaniser son mannequin. Essaie toi-même, en imagination, de te faire un portrait en pied de cet « indocile enfant ». Musset sentait bien qu'il n'enflait là qu'une vessie creuse, qu'il se rabattait forcément sur les déclamations et les apostrophes. Y en a-t-il, bon Dieu ! à l'antiquité, au Christ, à Saint Paul, à Lazare, à Voltaire, à Faust, aux hirondelles, à Esconose.

« Lorsque dans le désert la cavale sauvage… »

Tous ces morceaux pris à part sont assurément magnifiques, du plus grand style, comparables, sauf de déplorables faiblesses, aux chefs-d'œuvre du grand art, mais l'œuvre est manquée, parce qu'il n'y a pas d'unité. Un brouillard d'absinthe voltigeait devant les yeux éteints du poète ; la force de volonté nécessaire pour créer et maintenir debout un personnage lui avait échappé depuis longtemps déjà. Voici pour preuve quelques passages d'une lettre écrite *à seize ans* :

« Je m'ennuie et je suis triste.., Je n'ai pas même le courage de travailler... Mais j'ai l'esprit Français, j'ai le sens. Qu'il arrive une jolie femme, je l'adorerai pendant au moins six mois. Si je me trouvais dans ce moment-ci à Paris, j'éteindrais ce qui me reste d'un peu noble dans le punch et dans la bière et je me sentirais soulagé. »

« Ceux qui écrivent de ces choses à seize ans, je les méprise. As-tu remarqué et *noté* le mot sur l'esprit Français ? Combien de niais nous ont déjà dit : « Hugo est un sauvage ; Musset est le véritable *oiseau Gaulois, gai, spirituel,* triste à ses heures, mais toujours avec goût, etc. », je t'épargne le reste de la tirade, tu la sais par cœur. — C'est donc cela, l'esprit Français ! C'est-à-dire, après les stances à la Malibran, fumer des cigares (trois cigares le soir, quand le jeu vous ennuie), écrire des proverbes sur des petites bourses bleues, ou chanter des filles perdues, à la grande joie du public (M. Nisard !!! lui-même élève aux nues Mimi Pinson). J'ai connu un bon jeune homme qui s'était logé Rue de la Harpe et qui arrosait chaque matin des convolvulus à sa fenêtre, dans l'espoir d'une Bernerette. Hélas ! il subsiste encore un dernier vestige de la Rue de la Harpe, mais les grisettes, où sont-elles ?

« Et lui aussi, le proconsul Raoul Rigault, il a cru que c'était arrivé ! Et il a modelé ses effets de torse d'après les héros ci-dessus ! L'ombre d'une ombre !

« Comment ! parce que vous ne croyez pas à Dieu, ou que vous vous figurez ne pas y croire, parce que vous vous tourmentez de n'avoir plus la foi de vos pères, vous allez boire comme une brute, rouler par terre et coucher au lupanar ! En voilà une déduction logique ! « Dors-tu content, Voltaire ? » — Ce n'est pas sa faute, voyons ? Il aurait honte et dégoût d'une pareille descendance, comme de Lamettrie son prétendu disciple qui crevait d'indigestion à la cour du Roi de Prusse ! Laissez-le donc dormir, il est bien mort ; vous appartenez à une postérité nouvelle, Châteaubriand, Lamartine, Hugo vous ont ouvert l'infini ; faites comme Pascal, « cherchez en gémissant ».

« Mon ami, j'ai trouvé deux bien beaux vers :

« L'amour fait tout vaincre, tout croire,
Tout espérer et tout souffrir ! »

« Devine l'auteur ! — Racine (Œuvres Spirituelles).

« Et, pour *bouquet spirituel*, comme disent les mystiques, voici un mot de Sainte Thérèse :

« La vie est une nuit dans une mauvaise auberge. »

« La première série de notre correspondance, commencée en Juin dernier, touche sans doute à son terme. »

Et aussi sa vie ! Il ne sait pas dire si vrai, et parle encore de ce projet : une visite à la Morgue.

* * *

Évreux. Dimanche 5 Janvier.

« Paris capitule. La France est morte !

« Nous avions bien prévu ce dénouement-là, nous autres ! Toi qui m'écrivais, le 14 : « Je ne sais quoi me promet une prochaine rentrée... », moi qui t'avais envoyé dès les premiers jours de Janvier, poussé par la même obsession, le mot sinistre : « *Paris se rendra !* » — Je ne puis te dire à quel point je suis de plus en plus frappé de cette *correspondance.* Courage, courage, Balzac nous serrerait la main, nous sommes des *voyants.*

« Pauvre Paris ! il a pris l'honneur à lui tout seul, il nous a laissé l'inertie bête et la mangeaille ! Je sors écœuré de ce vomitoire de la table d'hôte, dont je ne t'ai parlé que trop, où je viens d'entendre vilipender Gambetta et, c'est à s'en tordre les mains de honte, d'entendre des ordures comme ceci : « Êtes-vous républicain ? Hum ! hum ! hum ! Moi, en fait d'opinion politique, je ne veux qu'un gouvernement qui *favorisera le commerce.* »

« Et je suis comme toi, j'ai beau faire, mon cœur

« Veut oublier et ne peut pas ! »

« Français, s'écrie Gambetta, songeons à nos pères qui nous ont légué une France compacte et indivisible. Ne trahissons pas notre histoire ! Aux armes ! »

« Écoutez, silence, voilà l'écho qui répond :

« LE COMMERCE NE VA PAS ! »

« C'est inouï à dire, mais j'en ai la conviction profonde, on referait le plébiscite que

Napoléon III aurait encore la majorité. Quand je te dis que j'en suis sûr !

. . . . .

« Encore ces éternels retards de correspondance ; la débâcle de Chanzy nous a privés, jusqu'à l'armistice, de toute communication avec le reste de la France. Pour me consoler, je m'enivre, non pas à la façon de Musset « tombant jeune dans l'impuissance et usant les dernières années de sa vie à ivrogner » (Veuillot !) (1), je me jette à cœur perdu, avec le frissonnement du vertige, dans Balzac, je me soûle de chefs-d'œuvre !

« O mon Dieu, quel homme ! Quel visionnaire ! Peut-on comprendre comment, lui

(1) Sur ce point, ils sont d'accord, mais il déteste cet écrivain qui parlait mal du « Dieu », pas Jéhovah, Hugo. Il devait cependant admirer sa manière. Il cite le mot de Soulary, qui n'avait que peu de talent, mais qui avait trouvé une formule frappante.

l'homme de la volonté éternellement tendue, de l'étude intense, absorbante, dévorante, l'homme qui s'enfermait deux ou trois mois, qui se précipitait dans son œuvre comme *Curtius dans le Gouffre* (la Cousine Bette) comment il a pu arriver à cette pénétration vraiment adéquate de l'humanité (1)! Relis, relis encore les *Parents Pauvres*. Médite, dans le *Cousin Pons*, cet effroyable bavardage de la portière Cibot au lit du pauvre Diable ; c'est effrayant, ce que cela suppose d'étude, toutes les sales métaphores, les barbarismes, les tournures boîteuses, les liaisons hasardées du bas langage Parisien, y sont non pas photographiées, mais reflétées avec une projection de lumière aveuglante, cela fait illusion,

(1) On ne le comprend, au contraire, que *comme ça*. Seulement la phrase est ambiguë. Il veut dire : comment avoir pu concilier à ce point l'*observation* et la *production* ?

on entend l'ignoble voix qui glapit. — Ce qu'on ne dépassera jamais non plus dans Balzac, c'est cette faculté prodigieuse d'*incarner* ses personnages dans un mot ! Madame Marneffe, à l'agonie, a ce cri sublime : « Il faut que je *fasse* le bon Dieu. » — Et cela n'a rien d'exagéré, c'est le couronnement logique, fatal, d'une pareille vie. Comme ces gens qui, à force de mentir, mentent sans le savoir et *sous eux,* la misérable fait très naturellement cette agacerie de fille perdue. C'est sa fonction. On accuse bien à tort Balzac de calomnier l'humanité, il la peint comme elle est, mais sans déclamation, sans réquisitoire. Écoute Vautrin dans son discours à Rastignac (une des plus admirables pages de ce siècle, le seul cours de morale qu'on devrait faire lire à la jeunesse !) « Voilà la vie telle qu'elle est. Ça n'est pas plus beau que la cuisine, ça pue tout autant, et il faut se salir les mains si l'on veut fricoter. Si je vous parle ainsi du monde, il m'en a donné le droit, je le connais. Croyez-vous que je le blâme ? du tout. Il a toujours été ainsi. Les moralistes ne le changeront jamais. Il est parfois plus ou moins hypocrite, et les moralistes disent alors qu'il a ou n'a pas de mœurs. » — C'est le propre langage de la raison.

. . . . .

« Je vais me coucher, je suis exténué. Je me lève à six heures et demie du matin, je ne me mets au lit qu'à deux heures, le temps me manque ! Tant pis si je me tue ! *Omne nimis*. Tu graveras cela sur ma tombe. »

C'est fini. Il se tuait et s'en rendait compte. Sommes-nous en droit de croire que le perfectionnement intellectuel (dont le mérite a sa raison d'être auprès de la valeur morale) poursuivi à outrance et jusqu'à la limite de la vie, fait entrer dans l'Au-Delà une âme plus valable? C'est possible, j'aime à le supposer, pourvu qu'un tel effort n'aille pas jusqu'à briser ce qui devait atteindre le soir, *l'outrance*, c'est trop, *l'extrême* suffisait. Juvigny avait choisi l'outrance, le savait bien et le jugeait bon, quand il s'écriait « *omne nimis* ! » et disait à son ami : « Tu graveras cela sur ma tombe ! »

* * *

Adrien Juvigny est mort en 1873. Je lui ai en effet connu une tombe, au Cimetière Montparnasse, dans laquelle il fut inhumé le 4 février, les registres en font foi. Les mêmes registres, à vrai dire, témoignent qu'il en est sorti, entre 76 et 82, mais *pour quelle inhumation plus digne et surtout plus durable?* Ceci, j'avoue que je ne le distingue pas et qu'il en résulte pour moi un grave malaise. Qui avait assumé la charge de cette dépouille, je suppose, vénérable pour quelqu'un et, on le voit, méritant d'être respectée d'un grand nombre? J'ai, moi, l'honneur de posséder la sépulture de Marcelline Desbordes-Valmore, l'émouvante, la douce poétesse, et j'en prends soin, qui donc a pris à son compte le même pieux, exigeant et honorifique devoir envers les mânes puissants et raffinés d'Adrien Juvigny, dont la trace est perdue depuis 1882, et qui, depuis quarante-neuf années, attend dans l'ombre la résurrection et la justice, laquelle n'est contrainte à venir d'un pied boiteux que quand on ne l'a pas invitée à venir d'un pied lumineux. Malgré moi, je pense à Karl Ferraz, cette hantise s'impose à moi, du récit de Barrès, d'une si terrible qualité de frisson, qu'elle communique celui que peut éprouver dans un tombeau, la victime d'une léthargie prise pour un décès, et d'une inhumation précipitée. Quoi qu'il en soit, s'il y a eu déni de justice, dans l'ordre moral, la chose retombe sous le coup du vengeur verdict d'Hello : « l'injustice se paie à d'effroyables intérêts composés. »

Juvigny disait à son ami, en lui citant une devise : « tu feras graver cela sur ma tombe! » Il comptait donc disposer d'une tombe, et je n'en vois pas. J'ai écrit, plus haut, dans une minute d'ironie, que le suicide ne me semblait pas avoir dû viser son correspondant inconnu; eh bien! ce n'est pas vrai, seule, au contraire, cette version sinon du suicide, du moins du trépas fatal, pour son camarade, pareillement angoissé, me paraît expliquer *Juvigny sans tombe!* Oui, oui je le veux pour l'honneur, pour la réhabilitation de ce correspondant invisible, lui-même aura sombré dans le torrent de la vie dévorante et miséreuse, aura disparu avant l'âge « sous le funèbre vêtement », et, pour cette raison trop péremptoire, il n'a pu s'acquitter du devoir de conscience et de tendresse que lui créaient tant de démonstrations de confiance et d'ardeur fraternelles.

« Tu graveras cela sur ma tombe! » écrivait Juvigny, or rien n'est gravé sur aucune tombe, car je ne vois pas même de tombe! Et comment imaginer, je vous le demande, que pour toute réponse au vœu suprême formulé *in extremis*, par un *alter ego* de cette envergure, ce dernier n'ait entendu retentir que la silencieuse injonction de se ranger « *au trou commun où les squelettes se gênent !* » (1)

(1) L'écriture de Juvigny est excessivement petite, mais lisible, pas un mot ne m'a échappé ; sa ponctuation est abusive, tous les signes nécessaires s'y trouvent, mais ce n'est pas tout ; il y a encore une sorte de tiret, qui n'en est pas un, bien que parfois on doive le tenir pour tel ; je l'ai laissé quand je l'ai distingué, j'ai supprimé l'autre, mais différencier n'est pas toujours aisé. Cet autre n'est appréciable que comme trait de caractère, on dirait un *trépignement* de la plume. Des lettres écrites *currente calamo* ne sont pas des textes irréfragables, j'ai fait du mieux que j'ai pu, ajoutant quelques signes convenus, pour la netteté du texte, presque uniquement des guillemets, pour ne pas laisser l'écrivain paraître s'approprier le bien d'autrui, ce qui n'était certainement pas son intention.

LE DOMAINE DU CHOIX

SOMMAIRES

DES

Treize Volumes de cette Série

I

Roseaux Pensants.

Lacrymabiliter.

1. Le Sphynx. (Ingres.)
2. Le Buffon de l'Humanité. (Grandville.)
3. Les Sept Châteaux de l'Ombre. (Dessins spirites.)
4. Une Diadumène. *(Queen Élizabeth.)*
5. Bécanes et Broderies. (Aperçus Féministes.)
6. Le Mobilier Libre.
7. Orfèvre et Verrier. (Gallé et Lalique.)
8. Une Victime.
9. Japonais d'Europe.
10. *Deo Ignoto.* (Saint Expedit.)
11. Pour et Contre. (L'Exposition de 1900.)
12. Table d'Harmonie.

8.

13. Artistes de Profession.
14. Le Quatuor des Masques.
15. L'Enlumineur. (Georges d'Aramon).
16. *Nosmet.*

II

AUTELS PRIVILÉGIÉS.

ORDO.

1. Félicité. (Desbordes-Valmore.)
2. Le Dieu. (Leconte de Lisle.)
3. Pauvre Lélian. (Paul Verlaine.)
4. L'Aède. (Mistral.)
5. Roses Pensantes. (Comtesse de Noailles.)
6. L'Apôtre. (Ernest Hello.)
7. Un seul Goncourt.
8. Tolstoï Esthéticien.
9. Le Grand Oiseau. (Léonard de Vinci.)
10. Le Voyant. (William Blake.)
11. Le Spectre. (Burne Jones.)
12. Un Mythologue. (Arnold Bœklin.)
13. Vernet Triplex.
14. Alice et Aline. (Chassériau.)
15. *Fashion.* (Ghys.)
16. Le Potier. (Carriès.)
17. Les Noces d'Argent de la Voix d'Or. (Sarah Bernhardt.)

18. Le Masque. (La Duse.)
19. Un Féministe. (Helleu.)
20. Apollon aux Lanternes. (Versailles.)
21. La République de Saint-Frusquin. (Monte-Carlo.)
Post-Scriptum.

III

PROFESSIONNELLES BEAUTÉS.

DÉDICACE AU MARQUIS DE CLERMONT-TONNERRE.
PROFESSIONNELLES BEAUTÉS.
Critica me juvat.

1. *Pro Domo.*
2. Le Pavillon des Muses.
3. Recluse de Beauté. (Comtesse de Castiglione.)
4. Deux Muses. (Comtesse de Noailles et Madame Mardrus.)
5. Le Docteur ès-Nuits. (Docteur Mardrus.)
6. Le Pervers. (Aubrey Beardsley.)
7. Fleurs de Raffaëlli.
8. Femmes de Gandara.
9. Fleurs et Femmes d'Helleu.
10. Une Tête d'Helleu.
11. L'Impératrice des Roses. (Madeleine Lemaire.)
12. Un Maître-Femme, (Louise Breslau.)
13. Un Narcisse Bourgeois. (Bruyas.)
14. La Sonnette. (Madame Aubernon.)
15. Du Droit de tracer des Caricatures...

IV

Altesses Sérénissimes.

V

Assemblée de Notables.

Dédicace a Henri Bataille.

1. Un Portraitiste Lyrique. (Laszlô.)
2. Beardsley en Raccourci.
3. *Talis Filius.* (Léopold Stevens.)
4. Ne touchez pas à la Joconde.
5. Le Péril Doré.
6. Les Pierres qui meurent.
7. Les Amis de Sèvres.
8. Un Sénat de Femmes.
9. Dames d'Automne.
10. L'Académicienne.
11. La Rosette des Roses.
12. Le Balzac de l'Enfance. (Comtesse de Ségur.)
13. Madame Mondanité et Monsieur Monde.
14. Du Snobisme.
15. Panachés.
16. Souveraines d'Outre-Mer.
17. Réjane à Vol d'Oiseau.
18. Thalies d'Été. (Théâtre d'Orange.)
19. Ames de Bois. (Marionnettes.)
20. La Cage des Masques. (Album de Rouveyre.)
21. Les Miroirs Malins. (Humoristes.)

VI

Brelan de Dames.

VII

Têtes d'Expression.

9. Extrême-Orientale. (Estampes Japonaises.)
10. Un Peintre Alpiniste. (Vitelleschi.)
11. Les Verres Forgés. (Rétrospective de Gallé.)
12. Une Collaboration entre Devéria et Lancret. (Hahn.)
13. Terpsichore et Hygie. (Isadora Duncan.)
14. Galas Printaniers. (Ballets russes.)
15. La Danse des Sept Voiles. (Ida Rubinstein.)
16. Une Pelletée de Roses. (Mikhaïl.)
17. Un Nouveau Bienfait de la Science.
18. De l'Arrivisme au Muflisme.
19. La Politesse de l'Avenir.
20. La Revanche des Nains.
21. Les Grands Minimes.
22. Le Confit de Paon.

VIII

Têtes Couronnées.

Dédicace au Docteur Couchoud.
Compte Courant.
Têtes Couronnées.

1. L'Archange d'Or. (Le Saint Sébastien de d'Annunzio.)
2. L'Ombre des Flèches.
3. Saints d'Israël. (Baron et Baronne Adolphe de Rothschild.)
4. L'Ami du Voleur de Soleil. (Camille Groult.)
5. Le Météore. (Edmond Rostand.)

6. Le Beau Cavalier. (Gustave Jacquet.)
7. Le Moulin du Livre. (Charles Meunier.)

IX

MAJEURS ET MINEURS.

DÉDICACE AU PROFESSEUR POZZI.
MAJEURS ET MINEURS.

1. Précurseurs et Distancés.
2. L'Oiseau Expiatoire. (Léonard de Vinci.)
3. Le Roman de la Terre et du Ciel. (d'Annunzio.)
4. La Pharmacie d'Académus. (Michel Manzi.)
5. L'Ile du Docteur Carrel.
6. La Rose Noire. (La Joconde.)
7. L'Étoile-Fleur.
8. Les Larmes d'Argent et les Violettes Blanches.
9. Une Larme de Soufre. (Judith Gautier.)
10. La " Gounodyssée ". (Madame Weldon.)
11. Dialogue des Moribonds.
12. Concours de Légataires.

X

LES DÉLICES DE CAPHARNAÜM.

DÉDICACE A MADAME ÉMILE STRAUS.
LES DÉLICES DE CAPHARNAÜM.

1. Inutiles Plaintes.
2. La Scène du Théâtre et la Scène du Monde.
3. Le Nouveau Règne du Silence. (Le Cinéma.)
4. La Fête " chez Maria ".
5. Du Côté Pratique des Couronnes.
6. Propos Interrompus et Enchaînement d'Idées.
7. Une Étoile Pittoresque. (Mademoiselle Mistinguett.)
8. Le Pardon Arraché.
9. L'Enfant Gâté.
10. Le Multiple Sosie.
11. Fanfan-Gaga.
12. La Délectation Morose.
13. L'Embusqué Nu.
14. Le Goût du Jour.

XI

Diptyque de Flandre, Triptyque de France.

Dédicace a Boldini.

Diptyque et Triptyque.

Au Pays des Ciels Sonores.

1. Le Peintre aux Billets. (Alfred Stevens.)
2. Le Pasteur de Cygnes. (Georges Rodenbach.)

Au dela des Formes.

1. Le Broyeur de Fleurs. (Adolphe Monticelli.)
2. L'Inextricable Graveur. (Rodolphe Bresdin.)

XII

ÉLUS ET APPELÉS.

XIII

ACHEVÉ D'IMPRIMER
huit juin mil neuf cent vingt-deux
sur les presses de
L'IMPRIMERIE ORLÉANAISE
à Orléans
pour
ÉMILE-PAUL FRÈRES, Éditeurs
à Paris.

www.ingramcontent.com/pod-product-compliance
Lightning Source LLC
LaVergne TN
LVHW020321230826
846091LV00003B/735

* 9 7 8 2 3 2 9 1 8 0 2 5 0 *